CRAITERS

CRAITERS

. . . or twenty Buchan tales

Alexander Fenton

TUCKWELL PRESS

First published in 1995 by
Tuckwell Press Ltd
The Mill House
Phantassie
East Linton
East Lothian EH40 3DG
Scotland

Copyright © Alexander Fenton 1995

All rights reserved
ISBN 1 898410 73 9

British Library Cataloguing-in-Publication Data
A Catalogue record for this book
is available on request from the
British Library

Typeset by Hewer Text Composition Services
Printed and bound by Cromwell Press, Melksham, Wiltshire

In memory of
WILLIAM WILL

Contents

Foreword

It was foolish of me, but by 1988 I thought I was familiar with most aspects of my good friend and mentor, Sandy Fenton, the croft laddie from Auchterless who had made his way up in the world to become Research Director of the National Museums of Scotland and was soon to become Head of the School of Scottish Studies as the first Professor of Scottish Ethnology – the study of traditional and changing cultures.

He had never lost touch with his North-East farming roots, and indeed had grown from them to become internationally famous for many books and articles on the Scottish and European countrysides (with translations of literary works from the Danish and Hungarian on the side). Furthermore, he had proven himself a past master at the popular presentation of all aspects of his work – which included a spell as Senior Assistant Editor of *The Scottish National Dictionary* – and these writings were appreciated and enjoyed by ordinary folk everywhere, especially in his North-East Scotland.

Nevertheless, I was surprised when in the spring of 1988, he delivered to my editorial desk at the *Aberdeen University Review* a short story entitled 'Stirries', with a typically laconic covering note, 'Will this dee?' I had been encouraging the short story (new to the *Review* since its start in 1913) with considerable success, but this contribution was startlingly different. In the first place it was written entirely in fluent and powerful Aberdeenshire Scots; in the second place its subject matter was (almost literally) deadly serious.

We now know from William Donaldson's recent researches that serious writing in Scots – literary, social, political – had, in fact, survived well into this present century – although almost entirely in the popular press (where it had escaped the attention of those academics who stated that such serious Scots literature had been defunct for almost 150 years) – or more commonly, English larded with the occasional Scots word survived as a form of pawky or couthy humour which seldom ventures outside what is left of the Kailyard.

Sandy Fenton's story, and the ones that followed, showed an observation and treatment of life which harked back to the starkness of Stevenson's 'Thrawn Janet' or the shadow that stalks Barrie's 'Farewell, Miss Julie Logan', but even those masterpieces were not written in the pure Scots which heightened the tension and sparseness of the subjects he was exploring.

With only one editorial request (that he do away with what I called the 'Apologetic Apostrophe' which typesets Scots as a corruption of Standard English – instead of the other way round, of course), I immediately cleared space for 'Stirries' in the next edition of the *Review* and asked for more. As these arrived it became clear that here was a unique storyteller with an extraordinary range of themes based both on an acute observation of life and a profound understanding of nature – human and animal alike. The scenes varied from North-East farmsteads to the suburbs of Edinburgh, from Slovakia to Shetland. Horror mingled with humour, dispassionate observation with pity, stoicism with delight – sometimes in the same tale.

The bedrock on which these first person stories are founded must be his farming upbringing and his command of the living, vivid North-East Scots language. But the magic lies in the way in which he uses his rich personal history to present not a lament for times past (although these are lovingly described and celebrated) but a gripping sense and portrayal of the present which is pervaded by the wry, often grim, humour and the patient stoicism he inherited in the Howe of Auchterless.

From the first sight of his work I have deeved Sandy Fenton to publish a collected edition and this book is a fine reward. It leads Scots writing back to a path from which it should never have been allowed to stray

Ian Olson.

Introduction

These writings began in 1987, when I offered *Kipper't* to *New Writing Scotland*, as an exercise in the use of my own dialect, which is that of Auchterless in Aberdeenshire. The aim was to tell a 'horror' story – which had no basis in reality – as a vehicle for an accurate reflection of the ways of speech with which I had been brought up, in their setting of time and place, and I suspect that I also did it as a challenge to myself to see if it would be accepted. It was. It was followed up by a second in *NWS* in 1989, and by three more in the *Aberdeen University Review*. Its Editor, Ian Olson, has been persistent in encouraging me to go further, to produce a 'slim volume', and this is the outcome. His punishment is that he has been asked to provide a Foreword.

The pieces have been written at odd moments over a number of years. The *NWS* contributions were Christmas break exercises. *E Widdie* was put together one free evening in Altona at the mouth of the River Elbe, when I happened to have a blank notebook in my bag. Eight of them were written at Krieglach in Austria in 1995, in the evenings or by day in the shadow of the pine forests that gave protection from the heat of a fierce sun, in the region of Steiermark that the prolific nineteenth to early twentieth century writer Peter Rosegger has made famous. Rosegger, the son of a woodland farmer, portrayed the everyday life of his 'Waldheimat' in a long series of graphic volumes, and it is easy to feel how the area favours writing. One or two of my pieces were actually written at Annenruhe, one of Rosegger's favourite vantage points overlooking the town of Krieglach, and the place where he got the inspiration for one of his books. The peace of the place undoubtedly allowed full scope to recollection in tranquillity.

I have written in the language of Auchterless as I know it because I find it comfortable to use for the subject matter. It is the language I was brought up to speak, and I make no apology for it. If something is worth writing, it is worth writing in any language. I have, however, developed a form of spelling that reflects as faithfully as possible – without setting up obtrusive mechanisms – the sounds and cadences of the dialect. Some of my previously published pieces were littered with unnecessary apostrophes and have been rewritten so that this whole collection has a consistent form of presentation which may, if anyone wants it, serve as a pattern for future writing in the Northeast dialects.

It is much more easy to read than it looks. It is a matter of reading it, as it were, aloud, and it will come quickly. Because good dictionaries are available, it has not been thought necessary to provide a glossary. Keith Williamson's Note on Language, Spelling and Pronunciation should, however, be read first by those not familiar with the dialect, in order to get a grasp of the conventions used to express its characteristics.

I am writing too in the firm belief that Scotland's dialects, in spite of the levelling influences that are everywhere, remain extremely rich and are well capable of serving as vehicles of literary expression. The Northeast and the Northern Isles of Scotland have an active and fruitful tradition of using their forms of speech purposefully and creatively, but other areas are not necessarily far behind. I am thinking, for example, of the excellent literary quality of the Lanarkshire dialect material in Robert McLellan's *Linmill Stories*. Writing by native dialect speakers with a real insight into the history and environment and place in the world of their own dialect areas is greatly to be encouraged.

A good dialect is something to be proud of. As the 'standard' language becomes ever more stereotyped, through its use in performing media functions of a generalising nature, its creative powers run the risk of being reduced at the same time. Dialectal speech and literature may yet turn out to be a powerful resource from which the standard language can continually refresh itself, rather than being something that the standard language is constantly levelling out and eroding. 'English' is in reality a massive amalgam of innumerable forms of speech, and it should, therefore, have a built-in capacity for self-recreation, though it may be that reminders have to be given from time to time.

I have another reason for writing in the way I do. This is quite simply that I was becoming tired of what may be described as the Lewis Grassic Gibbon tradition. He came from the parish of Auchterless, too. *A Scots Quair* is a masterly composition in terms of language, for though it can be read more or less easily by the English-speaking world in general, nevertheless for those who come from his area, it can be read almost as if it were written in the pure dialect, with all the correct rhythms and cadences. The problem lies not with him, however, but with a number of followers, who have adopted several characteristics of his style and outlook, and have been doing them to death. They are apt, then, to become the canon. So I have wanted to get back to natural, unforced forms of speech, perhaps more like the way William Alexander wrote for his period. I have found them perfectly capable of expressing anything I wanted. They also represent the language as it is a century later than *Johnny Gibb of Gushetneuk*, changed certainly but not so much changed, though change is undoubtedly speeding up now.

Some of the pieces go into a good deal of technical detail about passing skills and passing ways of life. When these are gone, the vocabularies that go with them will soon vanish also, though they remain in the pages of the *Scottish National Dictionary* and its offspring, *The Concise Scots Dictionary*, *The Pocket Scots Dictionary*, and *The Scots Thesaurus*, as well as in other dictionaries of Scots. I have sought, however, not only to use the terminology that goes with, for example, fencing, stack-building and the like, but to recreate the atmosphere that went with such activities, and to think of the skills necessary to pursue them. This may be where the ethnologist in me takes over, but for that also I make no apology.

All twenty items are concerned with living creatures, animals, birds or others, in particular contexts, whether in the Northeast, in the capital city or elsewhere. Implicit throughout, however, is the hand of humanity, and the attitudes of fowk to craiters. The two cannot be separated, and in at least one of the pieces, on a Slovakian village, it is human craiters that play the leading role.

For encouragement in this enterprise, I am greatly indebted to Ian Olson, and to others. Grateful thanks also to Keith Williamson, for taking such a direct and practical degree of interest.

The following items have been published before, though some changes in spelling and content have sometimes been made here:

Kippert. *New Writing Scotland* (Association for Scottish Literary Studies), Aberdeen 1987, 78-88.

Glory Hole. *New Writing Scotland* (Association for Scottish Literary Studies), Aberdeen 1989, 44-49; also in James Robertson, ed., *A Tongue in Yer Heid*, Edinburgh 1994, 39-46.

Stirries. *Aberdeen University Review,* No 180 (1988), 314-316; also in *Lallans*, 32 (1989), 16-18.

E Cheer. *Aberdeen University Review*, No 189 (1993), 66-67.

E Black Things. *Aberdeen University Review*, No 191 (1994), 285-286.

PART 1
E North East

Kippert

It wis on a Wednesday, e secont o Mey 1923 tae be exact. I min e day fine. We caad three loadies o corn intill e barn in e mornin, an syne we threesh, an aifter wir denner we caad in e lave, ere wis nine loads in be e eyn o e day. I min e loon wis grubbin e siderigs, gettin e grun ready for shaavin neeps. It's funny e wye ye min things files. It wis a caal day, bit it turnt oot aafa fine, an fin we wis at wir denner ere wis sax aeraplanes geed ower. E road-roller wis on e go on e road ootside tee.

I geed up tae hae a look at it an hae a news wi e road boys. Ere wis aye a bit o funnin wi em, especially Willie. His faither wis a fairmer up e road. E wis an aafa shy kinna billie in e ornar coorse, bit eence ye got tae ken im, e wis aa richt. E kent an aafa lot o es sangs. I min eence I hyowt neeps wi im for siveral days an e sangs an e verses niver divallt, God e wis jist a richt divert. Bit gin ony strange body wis aboot, nae a squeak wid ye get oot o im.

Es day, though, e wis aafa soor on't.

'Aye, Willie', I says.

'Aye', he said, short like. E widna look me richt in e face.

'Caal kin', I says.

'Aye'.

'Did ye see e aeraplanes? Ere wis sax, ye ken'.

'Nuh', e said

'Aye, ey geed ower jist aboot an oor seen, ye couldna bit a seen em. Ower fae e Geese Peel haan, across e Howe, an oot o sicht ower Mains Hill. Ye'd a been a bittie abeen e Smiddy at e time'.

Willie niver spak, bit ontill e machine, ettlin tae gie't a shofelfae o coal. I aye likit e smell o traction ingines an road rollers, a kinna sulphur an stame, ye micht say. E ither lads hid been doon e road afore Willie wi e wagon, pittin in a fyow patches faar e surface hid been sookit wi snaa. E wis im leen drivin, back an fore, back an fore ower ilky patch, an syne ay haad on tae keep tee till em.

I walkit roon e roller a bit, fine pleaset wi't tickin awa ere like a clock, an Willie up on e platform be noo wi eez han on e wheel. I geed roon be e front an took a look at er, an I jist happent tae notice a kinna damp bittie, aa at ye'd ken a reidy colour, on e front o e big roller an in ower e rim o't.

'Fit kinna mark's at, Willie?', I shoutit up till im.

Willie spak.

'Oot o ere!',

e roaret, openin er up, an aff e set alang e road chook-chookin aa e machine wis able. Wisn't at a queer kinna thing noo? I'd niver kent im like at. Ah weel, I hid tae yoke Bobie tae get in fit wis left o e ruckie, an fit wi biggin e cairt, an chasin a rat fin we'd gotten till e foon, Willie geed clean oot o ma heid again.

E neesht day it wis jist e normal roon, odd bits o jobbies, sortin e palin, gaitherin knot girse an openin dreels for tatties. Northies socht a shot o ma shaavin machine tae get eez girse-seed in. Him an me wis aye rale gweed at neeperin. I niver thocht tae mention Willie till im though, bit on e Friday I'd an eeran doon till e Station, seein aboot a new tablie comin fae Aiberdeen wi e cairrier, an I got a bag o coal tae tak hame. I cam on een o e road-lads in aboot for coal tee.

'Aye, an faar's Willie e day?'

'Seek'.

'Seek?'

'Aye. E bugger niver took e machine richt hame on Wednesday, left it at e fit o e brae, an e hisna been oot o eez hoose since'.

'E wis fairly a bittie queer like fin I saa im. Oh weel, I hope e'll be aa richt. Tell im I wis speerin for im gin ye see im'.

'Aye'.

Willie, peer breet, e bade be imsel bit e wis ay richt tidy.

It wis a speecial pleasant evenin an I took a danner up be Northies. He'd gotten a new mull in nae lang seen, an an ingine tae caa't. Fin e wis gettin't riggit ere wis some pipe missin, aye, e exhaast ye ken, an for a start we wis like tae be smoret. E wis sayin it wis aa richt noo. I spak aboot Willie till im. North Pitties is a heich set fairmie, gey caal in e winter an ye canna get up e road for e snaa, bit it his a graan ootlook an ere wisna a lot Northies didna see.

'Oh', e said, 'at's queer at, I some thocht it wis e roller ere wis something vrang wi'.

'Foo at?'

'Weel, e ither day I jist happent tae see e reek o't aboot e Cross. It wis stoppit a gweed lang time, I couldna mak oot fit it wis deein. At ae meenit I noticet e reek wisna jist e usual, it hid a kinna ily black appearance, an at laistit for a filie ir it stoppit. Fitiver it wis, it mn a redd itsel up, for nae lang aifter she wis haddin doon by e smiddy'.

'Ere'd been something tae upset im, surely. E wis in a richt ill teen. An I heard e left it at e boddem o e Brae an niver feesht intill e depot'.

'Weel-a-wyte!'

It wis aboot a wik ahin es, jist a fearfae time o snaa an sleet an nae growth in e girse. Northies wis doon offerin some neeps if we couldna get e stirks oot, an dyod we hid tae get e twa loadies fae im, for e stormy widder niver upplet nor divallt. I'd tae lowse fae drivin wydes an I wis jist giein Bobie a rub-doon in e stable fin a mannie cam roon e nyeuk o e close wheelin eez byke.

'Weel, fairmer, ye're in e lythe'.

'Aye, ivnoo'.

E'd on a blue kinna cape, an e reverset e byke half in throwe e stable door tae had e saiddle oan got weet fin e took it aff. Nae't it wid a maittert. E legs o eez briks wis gey sypit onywye.

'Sic a day'

'Aye'.

'I'm e bobby fae Inverurie', e said. 'I'm prosecutin an offeecial investigation'.

'Are ye though?'

'Aye. It wis aboot a young lad at wis on e go aboot a wik seen. Did ye see ony strangers on e road?'

'Na, deil e een, ere wis jist e road lads I saa. Fit kinna lad wis e?'

'Oh, it wis a Gairman. E cam in by me speerin aboot archyological sites, nae things I ken muckle aboot, bit I tell't im tae gyang tae see e circle o steens at Aquhorthies. Weel, e managet at an boy he wis fair trickit, syne e traivelt back an speert foo tae get tae Auchterless, ere wis some steens e wintit tae look at ere, forbye ere wis appeerently a Roman camp somewye aboot. Losh, I doot e Romans widna hae geen aboot biggin camps if ey'd come in es widder. A queer kinna wye e spak, "Sank you, sank you", e wid say. Ye'd fairly min on im gin ye'd spoken till im'.

'A Gairman?. Ye'd think ey widna hae e neck tae show eir faces hereaboot'.

'Oh weel, e wis a weel-mainnert lad. Haad awa fae e wye e spak, e lookit jist like wirsels. A "stoo-dent", e said e wis'.

'Weel, I've seen naething o im. Bit hiv ye nae trace o im ava?'

'E got e bus tae come in e road, an somebody saa im comin aff o't aboot Linshie, bit aifter at nae hide nor hair o im. I've been up at e steen circle on Mains Hill, an e's nae at e back o a steen ere. An e's nae up at e Roman camp, ir at least nae tae be seen if e is, I geed richt up e hill ower e burn tae this cairnies ey caa e Fite Steens, bit na, na, neen o yer Keyser's bairns ere.'

'Imphm. An fit'll ye dee noo?'

'I'll try e places farrer doon e road. He micht a gotten as far as Turra, ye ken, an syne teen a bus again tae Banff ir back tae Aiberdeen. Bit e hisna been seen ere, for eez freens hid been expeckin im a fyow days back. It was em at reportit es lad wis missin, Will-helm Joe-hannin's eez name, appeerently. Weel, I'll haad on. Ye'll let's ken gin ye hear onything'.

'Aye'.

Ah weel, we got ower e gab o Mey an a day ir twa aifter at we got e beas oot, an even tried e horse on e girse aa nicht. E Mrs an me wis socht ower tae Feithies on e aifterneen o e Sabbath an we geed ower e hill on wir bykes tae see es new wireless receiver ey'd been lashin oot on. Damn't, it played meesic an aathing, bit whot a begeck we got fin we heard o wir ain districk on e news: a general call for onybody tae let e police ken if ey'd seen a Gairman student, said tae hae been studyin archyological sites, last seen in e viceenity o e fairm o Linshie, Auchterless, on e aifterneen of Wednesday the secont of May, when he descendit fae e bus an appeared tae set off along the Turriff road. The missin man wis aboot 5ft 10 wi close-cropped dark hair an kinna thick glaisses, an cairriet a leather bag on eez back. Anyone havin information as to his present whereaboots should contact . . .' an so on. Wisna at winnerfae noo? A rale fairly. It wis a spik for a day ir twa.

Nae lang ahin es, e Mrs geed up tae the Aalyoch tae see a freen an get er tae. I bykit up for er in e evenin, an cam aff ma byke at yon steep bit abeen e smiddy, an walkit by e Cross. Jock Mull hid e placie jist abeen e Cross an e happent jist tae be dargin wi a spaad at a big steen in e nyeuk o e park ere.

'Aye Jock'.

'Aye. Ye're on e ran-dan'.

'Aye. Jist awa up for e Mrs. She got a hurl up till e Aalyoch wi e grocer.'

'Oh aye'.

'Wis'n at a queer thing aboot at Gairman – I heard it on e wireless receiver at Feithies. Ye didna see e Gerrie yersel?'

'Na'.

Jock pit doon e spaad, an cam closer till's. E wis a gey cannie lad, niver hurriet. E took a packetie o tebacca oot o's pooch, rowed a paperie roon't, syne stuck it in eez moo. E ripit in eez pooch again an brocht oot a wee boxie at hid some broon paper in't. It hid been soakit in saltpetre an driet oot. Ere wis a fleerish in e boxie tee, an a bit o flint at hid a bonnie orange colour. Jock tore aff a bittie o e broon paper, an held it abeen eez smoke, syne knackit e fleerish anenst e flint an up e sparks flew, gweed fat sparks, an God it wisna secints till e broon paper took an e reek wis fleein. Aifter a fyow puffs, e says -

'I doot ere's something nae richt'.

'Is e wife weel enyeuch?'

'Na, it's naething tae dee wi me. It's Willie I'm some baddert aboot'.

'E road lad?'

'Aye. Ye ken me an eez faither aye neepert, we've been richt gweed freens. An Willie vrocht a lot aboot es place tee fin e wis a loon. E wis like a sin till's, it wis jist a rale disappintment fin e left e fairm. E wis at bashfae, e'd niver think tae tak ower e place aifter eez fadder, e'd jist niver a managet it. I widna like tae see onything happenin till im'.

'I ken. I haard e wis seek, like, bit fit wid be ahin't? I spak till im oan day e geed doon e road wi e roller an I cwidna get a richt wird oot o im'.

'Weel, it's been badderin's a lot an I dinna ken richt fit tae think. Bit atween wirsels, min, at roller affair wis aafa queer'.

Jock wis needin tae teem eez crap. E wis een o es gaant kinna lads, it didna maitter fit e ate, ye'd a thocht it jist geed throwe im. E'd a dark kinna skin, an ay e bonnet on's heid. Fin e took it aff tae gie eez baldy heid a claa it wis like a fite meen shinin, wi a rim o hairies aboot eez lugs. E'd shave aye on a Sunday tae redd e wik's stibble, jist e plain kitchen soap an e cut-throat, an bilet watter oot o an iron kettle. Nae at e wis muckle o a han for e kirk, it wisna for at e wis shavin, it's jist at e feck o e men hereaboot aye likit tae mak emsels mair decent at e onset o e wik. E'd aye on a shaftit weskit an a sark buttont up till eez neck, hait or caal e niver wore onything different, haad awa fae an aal cwite in e rochest o widder. I widna winner gin e'd sleepit in eez sark, bit e fairly took aff e draaers an briks for e'd fower lassies an a laddie. A richt fine lad, Jock, jist a gem, ere's mony a mart we'd been at egidder an we'd maybe hae a glaiss o e richt stuff aifter, bit neen o's wis drinkers an we didna gang teerin aboot an makin a carant an feels o wirsels like some lads at bade nae at far awa fae's. I niver thocht ye cd lippen richt on at fowk at took ower much.

Ah weel, we wis richt gweed freens, an I cd see ere'd been something in eez heid for a filie, e'd maybe seen e Mrs gaan up e road an some thocht I'd be by later, for fit e wis deein wi e steen wis o nae God's eese fitsaeiver.

Appeerently, on e day I've been spikkin aboot, e'd been sittin in e kitchen haein a fly-cup. Ere'd been some wird aboot comin in wi sharny beets, so Jock'd lowsed e pints an slippit em aff, though ere wis mair wird syne aboot e bitties o strae e wis spreadin ower e linoleum, for e'd fresh straed eez beets at mornin in e byre. E wis parkit at e fireside, on e aal widden airmcheer wi a wee faalin doon bit on e airm, jist fine for haddin e cup, fangin in till a shafe o breed clairtit wi rhubarb jam. E jar wis a bittie oot o date an e jam hid granulatit, bit neen e waar tae taste for aa at. Ye cd aye knack e sugary bits wi yer teeth.

Gin it hidna been for e reeshlie noise inside eez heid, he'd a heard e roller seener. In e normal coorse, ye cd hear ony vyackles comin ben e road, an ye cd peek oot o e fower-peened gale windae tae see faa it wis. Jock kent e maist o em. Es day, be e time e heard e chuffin, e roller wis in e halla an aa e saa wis es black rik yomin oot o er. Him in e middle o eez piece an e beets aff, e cwidna jist rin oot for a look, sae e jist chaaed awa an sookit in sups o tae throwe e trailin edges o eez mowser.

Weel, aye e rik appeart an begod ere wis a lad came intae sicht in eez park for a meenit, till e nyeuk o e waa blockit e vyow. Ere wis a black bag ower eez shooder, gey hivvy like. Jock thocht e'd come in by, sae e wytit for e knock, bit na, na, an it wisna lang ir e boy poppit up again, still wi e bag bit it wiz rowed up aneth's oxter, an e wis gaan at a gey lick. Jock thocht it wis aafa like Willie, though e couldna be richt sure.

E got e beets runkit again, an oot tae see fit'd been gn on. E saa naething aboot e hooses, nor roon e back. At e eyn o e steadin, neesht e horse-gang faar e horse traivelt roon an roon an dreeve e mullie, ere wis e tail eyn o a hey soo, stannin still a fyow feet high, bit it hid been aa connacht wi watter an e hey wis black an fool lookin, nae eese for feed. Jock noticet ere'd been some disturbance at e side o't, e same's a gweed lump hid been haalt oot an biggit up again. E steed a file an lookit, bit canny lad at e wis, e didna interfere wi't. Syne e steppit ower e park, followin e feetprints in e dubbie grun, as far's e road. Be es time e roller wis awa. E hid a look aboot. Ere wis some kinna black marks on e surface, an a speecial big patch at hid been weel battert doon aside em. At wis aa. E lookit up e road an doon. It wis jist as teem's it aye wis. As e turnt awa tae haad back till e close, e glint o something catchet eez ee on e patch. Wi a closer look e saa it wis a cornerie aff a roonaboot bittie o glaiss, like a glaisses glaiss. It could a catchet e tyre o a byke, sae e poochet it. Ere wis some fite bitties amon e tarrie steens tee, bit withoot eez specs e couldna mak oot fit ey were.

Jock wisna fit ye'd caa supersteetious ir onything like at. Aa e same, e didna aathegither like stannin ere, an e didna like at disturbance at e hey soo, bit ere wis something at widna let im look ony mair. E geed hame tae see till's horse.

At nicht Jock didna sleep as soon's e wis eest till, curlt up atween e wife an e waa. She wis aye first up in e mornin tae get e fire goin. She cd fair rattle e poker ower e ribs o e grate an if ye wisna waakent fin she startit, ye widna be sleepin fin she wis deen. Fowk aye took a teet oot first thing tae see faas lums wis rikkin. It didna dee tae be late in e mornin ir ey'd be sayin fin ye forgaithert at e mart or e smiddy or e souter's shop -

'Aye, Jock, I doot ye wis some latchy es mornin, I didna see yer lum rikkin fin I lookit oot'.

No, it did not dee. Bit e wife wisna bad at gettin a spunk till e paper an a kettle hotterin for a cup o tae e time e pottitch wis beginnin tae bubble.

It wis a restless nicht for Jock. E wisna exactly dreamin, bit e ay min't on e black bag at Willie'd been cairryin. Ere wis nae doot wi im noo bit fit it wis Willie e'd seen. Ere wis a kinna shape aboot e bag, near han human if ye let yer fancy go a bit, an fit wye wid Willie quarry aboot an aal hey soo? It wisna mowse.

Ay at nicht Jock took a take e wye o e midden afore gaan till eez bed, an hid a look at e sky an e meen an e stars, notin e airt o e win an fit wye e cloods wis blaain, an God e first nicht aifter at, e set oot withoot thinkin, syne e picter o e bag cam intill eez heid, sae nae farrer a step did e tak, bit roon till e back o e hoose. It got tae be e'd harly gang oot o e hoose at aa, except for deein fit hid tae be deen amon e beas, an back in as seen's ye like. E eence ir twice e'd been by e eyn o e steadin e hey soo wis ay ere, an aifter e caal o e gab o Mey, fin it cam warmer widder, ere wis aa ye wid ken o a queer smell in e air, like a hen at hid deet and lien ower lang oot o sicht in a dreel.

E got richt wirkit up, an though e said niver a wird at hame, e wife hid startit tae look at im gey queer. Weel, es day e Mrs geed up till e Aalyoch, e van wis in by Jock's, an her wi't. Sae e kent faar she wis gaan an she mentiont at I wid gie er a convoy hame later on. Iv coorse, be e time I got aa es tale oot o im, I clean forgot faar I'd been gaan, an losh, didn' e cairrier nae appear on e road an e Mrs wavin oot o e windae as she geed by.

'At's my kail throwe e rik e nicht', I says.

'I'll be gettin some wirdies tee, I doot', says Jock

Weel, aifter at, I socht tae see faar e roller hid stoppit on e road. Ere wis a big patch o rollt metal. I'd better een 'n Jock an richt enyeuch ere wis a lot o fite speckies, an fit ye'd a thocht wis a bunch o black threid stickin oot at ae bit. I took e pynt o ma knife an scrapit a bittie. E fite lumpies wisna hard, ere wis jist nae doot at aa it wis bitties o been, an queerer'n at, e black threids wis stuck till a bit, though aathing wis aafa clortit wi tarry stuff. It wis enyeuch tae blaik a buddy, an I cwidna jist let masel think fit it wis aa aboot. Nae mair cd Jock. We baith turnt awa an walkit back till e spaad. Bit I begood tae min on e wireless receiver, an on e Friday paperies, an e news at wis ay in em: 'missing boy's parents' distress . . . reward offered for information.' Fit e hell hid been goin on aboot e Cross?

Jock wis mair easy like noo we'd spoken. We didna discuss e maitter, though. I'd ma ain beas tae see till, sae I whuppit ma leg ower e saiddle an shoutit -

'Weel weel aan',

an left Jock stumpin ower e park.

In e neesht months, I'd see Jock noo an aan bit we spak nae mair aboot oan thing, an said nedder echie nor ochie till onybody else. E Gairman loon wisna fun, an e papers are nae lang o drappin a subjick gin ere's nae richt news in't.

Fit I did notice, though, wis Willie. I saa im eence on e road an spak, bit e peyed nae heed. E'd walk up as far as Pitties, syne e'd turn an gang back tae Turra. Appeerently e'd niver been hame tae see eez fowk since at day in Mey. Nae doot ere wis something far vrang. I didna like tae see Willie like at, him an me'd been thrang afore es. An aye Jock's story hung in ma heid. I cwidna forget at black bag, likely for coal, an fin I wis up e park ae day e picter o at black ily rik cam back intae ma heid. Aye, it wis eerie. I wis beginnin tae get some glimmerins o thochts, nae at I wis seekin em, ye ken, bit ere wis nae haadin em. I widna winner gin Jock'd e same ideas. Onywye, I didna ken, for withoot a word o agreement ye cd see we wisna gn tae spread e tale aboot. An Jock did naething aboot e soo, there it wis left tae staan, nae bit fit e hey'd been sair connacht afore onywye.

Doon aboot Turra, I haard at Willie'd niver geen back till e roller. E'd left it a richt mess, appeerently e fire wis half chokit an full o bits o run metal at e fite eisels hid meltit. E road boys hid got er cleant oot, though.

Weel, we got e crap in an hairstit in fine order, an syne

intae the plooin, an e pooin o neeps eence e beas wis teen in. E New Ear cam, an e snaa fell an meltit an froze an e roads took an aafa batterin. Jock cam in aboot ae day. E speert if I'd come up by a meenit. I bykit up wi im, nedder o's sayin onything. Ere wis some saft spots on e road, ye felt em as yer tyres geed ower em. I min comin hame fae e skweel, I'd fin a placie like at an I'd presst wi ma beet, an see e driblets o watter comin up atween e steens, an syne fin ye stoppit pressin it raise again. Aye, a thaa aifter hard frost an snaa fairly howkit e roads, an laddies' beets helpit e holes on a bit tee. An begod it wis jist e aal patch Jock took's till. E tap surface wis aa lowse, an fin I scrapit wi e tae o ma tacketie, jist a hale mush o fite beenies an black hair cam intae vyow. It wis a God's mercy naebody'd been ere afore hiz. Jock took a quick look at's, an I took a quick look at him.

'Fess yer spaad', I said, 'an a guana bag'.

I steed by e patch, haadin on tae ma byke, ready tae look's if I'd been sortin't gin onybody cam by. E road wis gey quairt, though, sae it wis aa richt.

'Flype open e bag',

I said tae Jock fin e cam back, an I up wi e spaad an skimmt aff as mony bits as I cwid, ay feedin em in as Jock held e pyock. Ere wis nae earthly doot fit we hid – a mannie's heid, fair crushed tae murlicks, an e only thing at cd a deen't wis e road roller. I begood tae jalouse fit micht a happent. I some doot it wis e Gairman lad. E'd likely cam on Willie wi e roller, an speert e wye tae the steen circle on Mains Hill, or something like at, an Willie, bein sae bashfae an maybe nae unnerstannin e queer wye o spikkin, wid a grinnt a bittie oan answert. E lad wid a likely persistet an Willie wid a geen on till e machine tae start er up an get awa. Maybe e lad wis walkin alangside shoutin up at im, tryin tae mak im unnerstan, an I've nae doot trippit an wowf wi eez heid anaith e big roller. Mercy what a thing tae happen. Ma stamach wis grippit wi e thocht, an mair sae wi gettin a glintie o fit Willie'd felt like. E'd been clean terrifeet. A lad wi a heid in a splyter an nae doot richt aff at e shooders, an Willie e caase o't, fither e likit or no.

I rakit amon e metal wi e nyeuk o e spaad tae gaither ilky bit an get it baggit. Jist as weel we hidna fun't a ear ago, bit time hid deen its usual job an aathing wis pickit clean. We trampit doon e patch as weel's we cwid. Neen o's spak.

I minet again on e black rik, an on e meltit braiss I'd haard o in Turra, an on e mark I'd seen on e roller fin Willie got sae roused wi's. Clyes an bag an aa must a been brunt in e fire box o e roller, at wid a been e caase o e ily rik. Peer Willie, what a job. It wid a teen a fyow splashes o tar tae cover e bleed tee. An syne e'd gotten e corp intill e coal bag, an cairriet it ower Jock's park. I didna think we nott tae look in e soo, ere wis nae doot fit wid be ere.

Ere wisna much spikkin atween's. We geed up tae Jock's place an I geed im a han tae harness e horse intill e cairt. I plumpit e bag intill e boddem o't an we geed roon till e aal soo, wi a fork apiece. It wis gey mucky stuff, at hey, aifter lyin for mair'n a ear. We wis eest enyeuch wi deid beasts, bit it wisna agreeable fit we wis at eynoo. We forkit awa till we'd won weel intill e heap, e hale o't stuck egidder an comin aff in flat layeries o black stuff. Ae layer turnt, an man I harly like tae say fit wis ere, a black body wi aa e sap clean oot o't, fairly flattent, like a cat I eence saa at hid got stuck anaith e couples o an aal hoose faar e thackit reef hid faan in on't. Jock took ae look -

'Kippert', e said.

We got it on till e cairt, alang wi e aal hey an e guana bag wi e bits o heid, an up tae the quarry at e heid o e hill. It wis oot o eese, bit fowk dumpit aal rubbish in't. We howkit hyne doon amon e rubbish, cowpit wir load, an happit it weel again.

Nae lang ahin at, Jock retiret an meeved till a hoose aside Turra. E's deid noo, peer breet. An Willie wis got in a dam. E wis ay a tidy lad, an e'd faalt up eez jaicket an laid it ower e hannlebars o eez byke.

A hullock o ears on, I wis hyowin wi e souter's loon, a learnet kinna lad, a buddy ye cd spik till. Aathing cam intae ma heid, as we wirkit doon e dreels in e gushet nyeuk. Ma hair wis gettin fite be es time. I min on im lookin at's, jist as we cam doon aside e burn, fin I speert, jist on e meenit -

'Bit wid ere be a God?'

Stirries

Fin e hoose wis deen up, e waa atween e best room an e maid's room wis knockit oot. Ere wis a touch o dry rot in e fleer o e maid's room onywye, so be makin ae room o e twa, ere wis mair space an air, an forbye fit damned eese is a maid's room fin ye've nae deem? It wis fine in e simmer. E hoose wis a stoot bit o wark, an e waas keepit e heat. Bit on a winter day, it wis a jyle o a place. Ye cd a pitten in storage heaters, for ere wis plugs, bit na! na! at wisnae e style. Ere wis ae open fireplace, a fancy bit o work wi marbly kinna sides an a marble mantelpiece, an fower flooery tiles at ilky side o e grate. Ye cd keep it goin on aa e orrals o sticks aboot e place, aal hackit up palin posts, branches fae e plantin, e withert breemstocks e loon trailt fae e wid. Fin it deet doon ye cd aye kittlet up wi a fyow faalt pages fae een o e Press an Journals at aye claggit up e hoose. Aa e same, ye'd tae wirk at keepin a gweed lowe, an ye'd still tae sit wi a thick gunsey an a thick jaicket, an lowp up an doon noo an aan tae haad yer taes an fingers oan geelt. E three windaes – twa in e north an sooth waas, an a smaa een in e east gale – didna help edder, bit ere wis nae-bad curtains ower em an fin ye sattlet doon on an evenin an e heat built up a bittie it wisna sae bad syne.

I eest tae come aboot e New Ear, Easter an e time o Turra Show. Caal ir warm, e table wis a fine place tae sit at. It wis a solid bit o timmer. I ay likit it. Ye cd look throwe e windae stracht up e Howe, e aipple trees on e waa ootside framin ae side o yer picter. I've tried it wi a camera at a time, bit e lens disna see fit yer ain ee sees, nae mair'n it kens fits in yer min fin ye're lookin at something. I'd look oot an I'd see e road faar I bikit ilky day till e skweel, an e parks faar I'd forkit shaves an hyowt neeps, an aa e little crafties on e Hill an e fowk at bade in em. An files I'd see little for blin smore driven be e win at roart in e trees an moant in e lum, or I'd look oot at clean drift scoorin e parks in e win o a clear day at a frosty time, or stame risin sometimes, eery like, fae plooed an rolled grun, nae lang afore aathing turnt green an e corn an e barley an e wheat grew, an e girse nott aitin an ye couldna traivel throwe e parks or roon e wid withoot gettin sypit on weety days. An fit aboot aa e wirds I've written on es table, notebooks, an byeuks an pairts o byeuks, an fit I'm writin noo tee? It's nae mowse fit ere is aboot es table, in es quairt room at I tak ower fin I'm aboot e place.

Jist ahin faar I sit, I've got e bed faar I sleep, wi e heid till e north windae, alangside an aal-style dresser wi a mirror in e middle. Ye can aye tak a teet at yersel fin ye rise in e mornin, fin yer heid's aa huddery an ere's sleep in yer een. Queer tae think ye niver see yersel richt in a mirror. Ye're ay backlins, left's richt an richt's left. Backlins is e only wye ye iver see yersel, an fit ye're eest till aa yer life, ye tak as normal. If ye misst oot on a vyow o e maister in e dresser mirror, ye got a secont chance in e een abeen e fireplace on e road till e door. E room wis weel enyeuch for mirrors.

Sae I geed tae ma bed es nicht, an jist lay still tae let e thochts o e day sattle. If ye've been wirkin on something fin ye gang tae yer bed, it can tak a filie for yer heid tae stop turnint ower, an ye begin tae winner if ye'll iver drap aff. Noo an aan ye'll jist catch yersel slippin ower intae the dark peel an jerk back, bit neesht time ye slip in an ye're awa, till e mornin dreams start tae come. It's jist winnerfae fit comes on ye at at time. I sometimes think a buddie niver forgets onything, it must aa be tuckit intae pigeon holes somewye ir ither, an fit wye, wid ye say, div things pop oot at es dream time?

Onywye, it wisna a gentle wakenin I got. First a reemish an a reeshle shot in anaith e grey mist o mornin sleep, syne anither cleart e fog, an be e third time I wis sharp an clear, prickin ma lugs like a taid in a hole. I didna meeve. Athing wis quairt for a meenit. Ere cam e furr o wings an e soon o hard bumps. Abeen ma heid a squadron o three stirries wis plyin back an fore, full tilt atween e north an sooth windaes, faar e licht o day wis sypin throwe. I didna stop tae meditate on fit wye three hid thocht tae squeery doon e lang, black hole o e lum. Mair tae the pint, ey were passin richt abeen ma heid. I'd visions o ma bed bein turnt intill a shithoose pail. Canny as ye like I turnt till e side tae haal on a bit o clyes, for though ma bed wis warm, e room wisna, an it's bad enyeuch chasin stirries in a room at ony time withoot deein't in a state o naiter.

Iv coorse, e breets took fleg fin I meeved. Instead o e reglar sailin back an fore, ey heidit in aa airts, an een hovert near abeen's facin e big dresser mirror, faar it saa fit it thocht wis its fella hoverin tee. Syne crash like a steen fae a catapult intill e glaiss. E beak crackit intill e hard surface an e bird fell back, half killt, afore terror garrt its wings go again. Be es time I wis on ma feet, an ma thick socks on. I paddlet ben e room, nae wintin tae agitate em ower much, for ere wis ornaments an aa kins o trock aboot. Anither took a look at e ither mirror, an hid a swerve at it, bit held by e edge. Ey didna tak lang tae learn.

Back an fore geed e patrol, windae tae windae an me wi't. Ae bird got ahin e curtains. I cam on canny, haadin oot ae han fin it ettlet tae meeve ae wye, an anither han fin it socht tae meeve e ither. Es jookin back an fore wi ma airms confeeset e craiter. It wis maybe expeckin's tae come stracht on. Onywye, I got close till't, made a pounce, an got it. It scraicht like e deil an its beak pecht up an doon, e same's it wis gaspin for air. Bonny colours in e fedders fin ye teetit close. I took it ben e passage, throwe e kitchen an aa e wye till e back door, faar I let it lowse. It shot aff e airt o e cornyard wi a maist ondeemous scraich.

Back tae ma room I geed. Naething tae be seen, till I noticet e twa on e fleer. Ey'd learnt it wis nae eese bein birds, sae they tried tae be mice. Ey scuttled aboot, gaan ahin cheers an dressers, an in anaith e aal piana wi half its notes deid, bit in e eyn I managet tae herd een intill e angle o e door an e waa, an got im. Oot e geed e same wye's e last.

Noo for number three. Easier said'n deen. Ere wis nae e faintest trace in e room fin I cam back in. I triet ma torch ahin e bits o furniter. I haikit aawye, bit naething. Ere wis nae doot it hid craalt ahin e gaird ower e fire an back up e lum e wye it cam. I left e hunt, an craalt back tae ma bed again, thinkin fit tricky breets e stirries mn be. Ugly divvels, bit ey cd fairly think.

An I half dovert, as e warmth o e blankets heatit's up again, ma heid full o e birds. I couldna bit come back ay till e mirror, an e stirrie tryin tae dive throwe't. It garrt me start tae think o life, an death. Ere's plenty gangs till e kirk, an reads e Bible, an thinks ey'll win till anither place faar ey'll meet again e freens at geed afore. Maybe ey're like e stirries hoverin in front o a veesion at's nae mair'n a shadda o fit ey ken emsels. Fin e meenit comes tae dive throwe e hard glaiss, fit a begeck ey'll get.

E Backlins Calfie

Fin I wis a loon, I bade on a 10 acre craftie. Ma faither wis in eez shoppie for a lot o e time, haimmerin tackets into beet soles, sae I got a lot tae dee aboot e place. Depennin on e time o ear, I'd be hyowin neeps, scythin laid corn an binnin e shaves, stookin (minin fit a fairmer eence tellt's: 'Stook aye tae Bennachie'), forkin ontil e cairt or ontil e rucks in e cornyard or up till e threshin platform o e traivellin mullie. Ere wis some gey caal winter jobs, fyles haein tae use e neep pluck tae haal e yallas or e swads oot o e dreel in hard frosts, though even fin e snaa wis like ice wi half thaain an freezin again, as aften as no there'd be a kinna halla ringie in e snaa abeen e shaas o ilky neep, e same's e life o e thing wis breathin its ain warmth. Eence ey were oot ye'd knack aff e tails wi e tailer – or e tapner, if e shaas cam tapmist in yer min – an begod fyles e boddem o e frozen neep split aff, e colour o't for aa ye'd ken like yon iced lollies e bairns is aa sae feel aboot nooadays.

Ere wis some richt smellie jobs like teemin e midden at e back o e byre. Ye cd graip e muck oot fae e byre throwe e muck-hole at e back aifter ye'd openet a widden doorie, though ivery sae aften ye'd tae gang oot an level e heap oot ower e midden tae haad it on blockit e openin. It wisna jist byre muck at geed oot. We'd an ootside widden lavvie wi a little windae high up an a wire sneckie on e inside, an a nail for squaries o paper, maybe e Weekly News or e Peoples Freen or e Press an Journal or e Peoples Journal. Ye cd sit ere readin as lang as ere wis licht, bit it wis a richt torment tae be in e middle o an interestin snippetie fin ye come til e torn bit, an like as no ye'd niver get e ither bit. Aathing geed intil a big pail, an fin es wis full, een o e jobs I files did wis tae teem't. Nae likin tae get ma hans clairted, I'd tak a hyow oot o e barn an use it as a heist tae cairry e yomin load roon til e midden, faar it wis beeriet. Bit iv coorse fin e midden wis bein teemed, e lot wid come tae licht. It wis e neeperin fairmer at cam wi eez cairt tae dee e teemin (an at ither times we wid gie him a han wi e neeps or e hairst, it wis a fine wye o wirkin egidder), an

'God', said Joe, as e beeriet treasure cam up, 'ere's aathing in't!'.

Iv coorse, bein at e skweel an gaan in for byeuks mint ye hidna aa at time for fairm wirk throwe e wik. Ye'd mair interest in a baggie o chips fae e chipper fin ye got oot o yer classes, syne aff on e five mile trek hame on yer bike tae see fit yer mither hid kept hait for ye in e range oven fae their denner, an nae lang ahin at we'd hae wir supper. It's winnerfae fit young lads'll pit awa in e wye o mait.

I aye likit tae be ootside, sae I niver let ma hamework hinner's lang, an ma mither aye hid a fyow jobbies till's – hackin sticks for kennlers on e hack block efter saain aff linths on a saain steel, if naebody else hid deen't, fullin pails o water at e pump in e hens' riv an cairryin em intill e wee tablie in e porch, caain in e twa kye tae be milkit, an sic like, nae forgettin e eynless howkin up o bishop-weed in e yard – bit e main wirk in e parks hid tae be deen at wik-eyns an holidays. Bein a swack lad at likit tae rin roon parks an lowp palins, an bein prood o ma strong airms, I wis niver slow tae gie a haan at hard jobs, fither at hame or on fairms roon aboot. Files I'd half kill masel teemin a bogy o manure bags. Young birkies ay likes tae be a bittie macho.

Wi aa is, I ay sleepit soon. I hid a room up e stair, faar I kept ma books, birds' eggs an aa kinna fairlies githered in ma wannrins. Ere wis nae electric in e hoose bit I wis at eesed tae gaan aboot in e dark I cd rin up e stair at a fair rate an it pick dark. I doot wir instincts hiv degenerated a bittie wi is days o lichts awye. E roomie wis coom-ceiled, at ae eyn o e landin, an at e far eyn ere wis ma faither's room, faar e sleepit wi ma twa brithers. Fit wye I'd got fowk invaigled intae lettin's hae a room tae masel, I dinna min. Ere wis a linin o some kinna composition boordin covered wi an orangy distemper. Fin ye wis lyin in yer bed, jist doverin, ye'd aften hear e mice playin ahin e boords, bit deil care, ey niver did ony hairm. Bonny grey craiters, e moosies.

Ah weel, ere wis es time I'd faan richt soon asleep, fin ma

mither wakent's. I cam tae masel and saa er face, anxious-like in e yalla licht o a paraffin lamp.

'Cd ye rise an gie yer father a han wi e coo in e byre?'

Sae on goes ma sark and ma breeks an ma jersey, an ma beets fae doon e stair, an aff e bold boy goes.

It wis een o is crafties faar e hoose an e steadin wis in a lang line. Ye geed oot o e hoose throwe a green paintit widden porch, wi a door at hid a lock though it wis niver lockit, an onywye I'd fun oot I cd open e lock an shut it again wi ae eyn o ma bicycle clip. Ye passed a wee strippie o gairden crivved in wi a widden railin jist in front o e kitchen windae – aye, e kitchen wis e livin room as weel – an syne ye cam till e barn door. Ye geed intill e barn tae get intill e byre, at least at wis e shortest road, itherwise ye'd tae gang richt doon till e roadside tae win till e door in e gale at e beas geed oot an in at. It wis dark iv coorse es nicht sae I coudna jist see fit I'm tellin ye aboot, bit ye jist keep e picter kinna in yer heid tae gye yer feet, same's ye mith dee if ye geed blin. I fan my wye ower e barn fleer, hearin aye e reemishin fae e byre, liftit e sneck an in I geed.

Weel ere wis a byre lantren hingin fae a bent weerie slung ower a couple. At wis e first thing i saa, swyin wi e meevement in anaith. E yalla licht wis flicherin an e lamp gless wis a bittie rickit bit naebody wis takin time tae sort it. Neesht – tae be richt ere wis nae neesht, for aathing jist cam at's like a bolt o lichtnin – I saa a reed sotter at e coo's tail, twa black slimy glisterin feet stickin oot, a kinna crossed, a rope roon em an ma faither haalin aa eez strinth an aye skyte-skytin wi eez tacketies amon e muck an strang an bleed in e greep. E muckle smith wis stannin aside e coo, sark sleeves rowed up an eez han inside e coo tryin tae ease e backlins calfie oot. E coo, a great big eesie-osie black an fite Friesian, wis moanin awa laich, pushin itsel an tryin ay tae look roon though its sell widna jist let it.

'Tak at rope',

said ma faither hairse, swyte dreepin doon eez face anaith e snoot o eez bonnet, an I jined in e tug-o-war.

'Steady noo', said Brookie, 'haive, haive again, an again'.

Haadin yer feet wis chancy wirk bit e twa o's kept at it, an God I wyte it nott maist o wir strinth, baith egither, an I wis gey near greetin oot o peety for e coo stannin ere moanin an feert for e calfie wi e rope roon its hin legs like tae brak em, even if we cd get it oot in time for't nae tae smore amon e plyter.

'Jesus', roared e smith, 'she's comin',

an e calf cam wi a rush, plypin doon on e strae laid ahin e coo. Ma faither wis a toonser, nae jist acquant wi sic wark, bit e smith kent fit tae dee aa richt, an he redd e snotter fae e calfie's nose wi eez fingers an there it lay fobbin, a new livin bein, neen e waar for e warsle o gettin't intill e world. Ahin at we got wirsels washed, bit it wis a filie or I won tae sleep.

E neesht nicht fin I cam hame fae e skweel (an I hidna said muckle aboot it ere), ere wis calfie's cheese tae wir supper, deen in a dish in e oven, wi cinnamon on tap. I niver did like e stuff.

'Dirty Beast'

If ye geed till e wid on e fairm, ye'd tae rin doon intill e howe, cross a burn at e boddem, an syne pech up e lang, slopin parks. E wid wis dividit atween three fairms, ilky bit wi its ain naiter, palin't aff fae een anither. E middle bit hid mair trees, e ither twa less, bit it hid been cut doon tae some extent for e First World War an ere wis wide spacies full o funs an breem an roddens Ere wisna mony nyeuks o't I didna ken. Ere'd been fowk aboot e place lang seen for ere wis a steen cairn I howkit intill eence, an got bits o decoratet pottery an a bonny goldie-yalla flint scraper. In anither pairt ere wis e foon o an aal hut circle, bankit up aa roon except for a laich bit on e east side, an a gran place for e rabbits tae howk eir holies. I keepit a ticht ee on eir scrapins tae see if onything wid turn up, bit naething iver did. Aa roon e wid wis a bank o earth an a ditch on e ootside, plantit on tap wi funs an breem, an faar at wis worn awa ere wis a palin tae gie extra protection, bit it wis a bittie holiepied an aa an e beas roved oot an in much as ey likit. E wid hid been plantit aboot e hunner ear seen, ir mair noo, ower plooin o e aal style, wi e corrugations o rig an fur still tae be seen here an ere, though neen wis tae be spottit ootside e bouns o e wid.

Ere wis a lot o history in at wid, an in e palins roon aboot it. Ye niver jist kent fit new thing ye mith come upon. Een o ma ploys fin I wis a loon wis tae set weer snares – e great hunter, ye ken – fae e nethmist straans o e palins faar I cd see e rabbits' runs. Weel, we'd a cat eence aboot e craft, a great big strippit beast caad Timoshenko. It wis ill for wannerin miles oot aboot, seein till its ain gamekeepin. Ae time it wis tint for days, till it managet tae get craalt hame wi a snare roon its neck. It likely used up mair'n some o its lifes on at expedeetion, an it mn a been lyin somewye tit-tittin at e weer for days an nichts or it knackit e straans, een be een, an won lowse. A strong breet. It wis ill tae get e noose aff its neck. Ahin at, I niver set snares, though it likely wisna een o mine.

Bit it wis palins I wis spickin aboot. I noticet ae day at a een at e back o Pitties' side o e wid (faar I eest tae dee ma snarin), hid been sortit an a new strainer put in at e far eyn. Jist a richt gweed job. I wis haein a look at e smairt handiwork, fin ma ee fell on some scrattins at e heid o e strainer. Some prood lad hid used eez knife tae cut eez initials an pit on e date o e job tee. Be es time I'd been awa fae e districk for a gweed file an I wisna acquant wi aabody ony mair, an I niver did fin oot faa e laad wis, bit it wis aye jist anither tickie tae eke oot e story o e wid an fit hid geen on aboot it.

Ye get roe-deer in e wid files, an plenty o craas' and cushie-doos' nests, an smaaer birdies in e clumps o funs an breem. Es breem got aa wull an straggly files. Ye ken, it's mint gae gang throwe a kinna seyven ear cycle, an maybe at's richt enyeuch. Ere wis ae ear I wis up fae Edinburgh. I min Charlie at I files vrocht wi caad it 'Doon by'. I'd be hyowin neeps wi im, an e'd speer -

'Ir ye ay, eh, wirkin eh, doon-by, like?'

'Aye'.

I wis gyaan ma usual roons ower e parks an throwe e wid, syne doon by e aal souter's shop at Pitties an up till e heid o Fleer's Hill, skirtin roon be e quarry an on till e Geese Peel. Hooiver, it wis e wid at took ma attention es day, for gey near ilky buss o breem hid startit tae straggle, an e queer like thing wis e amoont o bark at hid been strippit aff in sae mony places at ere wis jist acres o't wi a greyichtie-fite appearance. Es nott thinkin aboot. Sae I plunkit masel doon on a steen an jist lookit aboot's. Wi me nae meevin, I didna caase ony disturbance, an shortly I noticet smaa birdies, bluetits an ither eens, fleein fae branch tae branch, ruggin aff strippies o bark wi eir beaks an seekin e sma caterpillars an maggoties an craalin craiters at hid eir roadies in anaith. Ere wis nae doot – e breem wis comin till e eyn o its life, e bark wis growin aal an harbourin wee beasties, an sae e little birds wis deein eir bit tae feenish e seyven ear story. It's winnerfae fit ye see if ye're willin tae sit quairt.

E wid sat like a bonnet at e heid o e parks. Kye cd wanner oot an in, an it geed graan shelter on a caal an winny nicht. Fae ilky edge o e wid, ere wis a maist splendid ootlook, in fitiver airt ye lookit ere wis mile aifter mile o parks, different colours depennin on e season an e crap, wi lang lines o dykes an palins, an e scatter o fairms gettin smaaer an smaaer wi e perspectives as yer een ran till e horizon. An e sky wis even bigger'n e landscape, blue on a simmer day, or speckled fite wi driftin cloodies, or wild an winny files. Ere wis aften e soon o laiverocks in e air, noo an aan sae thick, ye'd a thocht be e noise at e sky wis mint for naething ither'n tae be a soonin boord for em. E curlew's bubblin caal (I canna think o ony ither adjective tae describe e soon) wid echo ower e parks, an bade in yer memory foriver aifter. An coortin skirlywheeters, e black an fite minstrels o e air, wid flee roon in great circles as ye men't a palin, brobbin yer fingers maybe on e spikes o e barbit weer, ilky pair wi eir territory weel stakit oot. Ye cd gey near feel like Christ crucified wi yer fingers dreepin wi bleed files an e curlew's lament an e skirly's scream aboot yer heid.

At times ere'd be flocks o geese, honkin awa even in e darkenin o e nicht as ey heidit for e Geese Peel, deein fit ey'd been deein since e beginnin o creation, maybe, followin oot eir ain instincts as lang's water wis tae fin in e Peel. An I've niver kent it dry yet.

Forby ere wis e zip-zip o e wings o peesees, black an fite tee bit nae as busy as e skirlies, layin eggs in e breer o e tilled parks. E loons watchet faar ey took aff fae, geed till e spot an got eir nests, maybe takin een or twa o e eggs tae bile in a trycle tin o water on a fire o dry branches an cones – we caad em yowies – at e wid side.

In e early pairt o e spring, fin ere wis still a chance o a fluffer o snaa, ye'd get some queer effecks. I min eence e spring sin wis strong bit ilky sae aften ere wis a fleein flizzem o a shooerie o hailsteens. E bullets stung, bit it didna haad em lang tae melt. I chancet tae gang throwe e middle o e park o aal girse in front o e hoose. E beas hid croppit e girse rale short an it hidna startet tae rax again, bit ere wis siveral foggitchy clumps o lang taily stuff at ey couldna hae likit, for ey left em aleen. I took a thocht tae pit ma han intill e hairt o een o em an God it wis jist amazin e warmth at hid gaithered ere fae e sin, niver min gin e air be caal. Ye couldna bit think on e pooer o life at e warmth geed, an e new growth tae come jist lyin ere waitin tae sproot an mak a rowthy season.

Anither time, I happent tae be teetin throwe e kitchen windae fin I wis haein ma denner an I spottit a hullock o seagulls gaan in big circles. It wisna jist be chance. Ey hid eir wings oot, an roon an roon ey geed, canny's ye like, heids peerin fae side tae side, risin an spreadin oot ay in wider rings as ey raise. Ere wis nae doot ey'd come upon a thermal caased be e warmth o e spring sin. Ye cd see fine ey were enjoyin emsels, wings oot an lattin e updracht tak em, as ey swung roon an roon on es invisible carousel.

Bit I doot I'm gettin awa fae ma tale. At's nae ill tae dee, for ma heid's ay lowpin aboot aa ower e place. I set oot tae tell ye fit happent eence in e farrest ower park, below e wid an neesht e mairch wi Currie's. I min aboot it ay fin I gang up at park on e wye till e wid, followin e trackie at beas ay mak roon e edges o a park.

Ere wis a lad keepit kye on e place an ere wis a time fin een o em wis gey near at e pynt o drappin er calf. E'd speert gin I'd keep ma ee open an let im ken if onything wis likely tae happen. Es day as e cam in by I wis fine pleaset tae see im, for I thocht e coo's time hid come. I held ower till e park wi im, ben be e plantin an slantin ower e slope, crossin e spot faar, fin I wis hyowin neeps, I eence fun a flint arraheid. E lad at startit it hid niver feenished it, an maybe nae winner for it was smaa an aafa fykie tae wirk, bit it wis richt near ready an I doot it hid jist gotten tint. Sae on ower e park, wi a sprinklin o heich yalla tansies amon e girse – jist a richt pest ye cd harly get redd o – tae faar we cd see e coo stannin, a black een. Er heid wis doon an we cd see she wis lickin a bonny black calfie, weet an shinin an new till e world, fine an healthy lookin. E coo peyd's little attention; she wis ower teen up wi mitherly maitters. As we steed she humpit up er back like tae mak water, bit it wis e aifterbirth at cam awa. Syne she did fit aa kye dee if ey get e chance, if ey're free in e air an nae crivved up in a byre at e calvin – she ate it. E lad at echt it watched for a meenit wi a solemn-like face. Syne e said, maistly till imsel -

'Dirty beast'.

E Hens' Riv

Ere wis a gweed lot o space for e hens on e craft, for ey brocht in siller wi eir eggs, ir ye cd swap em for groceries fin e van cam. Bit ey fluffert aboot an trampit an made eir mess aawye an ere wis nae girse or greenery left in e riv, haad awa fae e boortree busses at e back o e hoose, an e big trees at tried hard bit wi little success tae shelter e craftie. Ye cam intill e close aff e main road, passin e drain fae e midden at took e bree in anaith e road an oot intill e park on Charlesfield Craft. It hid a gweed honest smell, an wis aften enyeuch chokit onywye. I niver min naebody thinkin naething aboot it.

Byre, barn an hoose wis in line on e left haan side, an e yard on e richt. It wis a big yard, wi a palin o widden spars on three sides, an a beech hedge neesht e road. It grew tatties in season, ere wis a big patch o rhubarb for makin jam at ye took on yer piece or as a sweetener wi yer semolina, sago or tapioca, ilky clump ornamentit wi an upside doon boddemless pail tae force on e stalkies in e spring. A dish o fresh rhubarb, bilet an sweetent an maybe aiten wi a tickie breid – at's oatcakes, ye ken -, wis supposet tae be gweed for cleanin oot e system, I suppose like pittin new ile intill an ingine, bit I canna say I iver noticet much difference an I niver fanciet e stuff much onywye. Fin ye pat milk ontill't in yer puddin plate it turned aa soor an I jist winner fit it did tae yer intimmers.

E tap an e far yard palins made twa sides o e hens' riv, an atween e porch o e hoose an e yard, ere wis a gate intill e riv, made o nettin weer on a frame. Ere wis mair nettin weer at various ither pints tae try tae haad e hens in (e dyeuks an turkeys wisna sae bad), bit ye niver managet aaegither, mair sae fin ere wis a park o ripe corn within sicht.

Tae tell ye e truth, ere wis files fin ye hid tae haad oot as weel's haad in. We hid a reengy reed coo, an Ayrshire, at geed a lot o milk though it hid ae blin tit, e aftereffecks o mastitis, an she wis jist e best expert at iver I saa at winnin throwe palins. If she wis grazin in e park alangside an ma mither hid e washin oot – e line wis in e hens' riv tee – at coo (she niver hid ony name bit 'e reed coo') wid gunge aboot ir she won throwe tae get a chaa o e aaprons or sarks or fitiver wis hingin ere. Files she managet it ir she wis noticet. An aafa beast! Ye daardna lat ony bairns intill e same park wi er, she'd a gone for em. Jist a richt crafter's coo, ye micht say, an she hid er faats, bit she geed gweed milk an ay e ither calfie in due time.

E riv ran roon twa sides o e yard, roon e back o e hoose an doon as far as e back o e milkhoose at juttit oot fae e back o e kitchen, alang wi a smaa roomie at hid a biler for fin ye did a big wash, or aan aboot e New Ear I min e smith at bade ere afore's wid bile a monster clootie dumplin in't. Here at e back o e hoose ere wis e boortrees, wi eir bonnie sweet floories at e loons likit aye tae snuff at e floorishin time, an syne shiny black berries, bit itherwise es wis a caal, bare kinna nyeuk an we niver played in't much, haad awa maybe fae cuttin a boortree branch tae mak a pluffer, powkin oot e saft, fite intimmers wi a handy bit o palin weer. Even e hens didna aften come roon here tae scrape. Ere mith a been an antrin rat tee, an I've seen e odd een clammerin aboot a heap o steens gaithert aff e park alangside, haived ower e palin an jist left for aa eternity aside e boortree buss. It wis jist fit ye micht caa deid grun.

Fit wis a lot mair handy wis e big trees in e main bit o e riv. I aye likit tae speel trees, for ae thing. For anither, I eest tae play aboot wi all-farrant electronics, an if ye wintit gweed reception fae yer crystal set wi its cat's whisker, ye'd tae hae a gweed spread o aerials. I ran weers fae ma up-e-stair bedroom windae tae different trees an throwe at I managet tae get a lot o e world intae ma hans, or tae be mair exact, intae ma lugs throwe a heidphone. I fixed on a tuner, a great big breet o a thing, fae a defunct battery wireless, an maistly it wirkit fin I took e patience tae let it.

Bein young an likely stupit, an bein a bittie teen wi Wild West stories I got tae read fae some o e fairm chiels, wi eir reed Indians an eir tammiehaaks, I took a fancy for throwin an aix at een o e big tree trunks. Aifter a filie, I got rale gweed at garrin e blade stick in. It didna dee e tree much gweed; bit on e ither han, it cowert it fine an it didna tak lang for e scars tae seal up. An eeseless kinna ploy, bit fit's nae in e tail o e day?

E riv didna jist haad hens. Inside it wis e watter pump at supplied e hoose. Mony a pailfae I've pumpit an cairriet intill e porch, faar een or aften twa pailies o fresh water wis keepit on tap o a tablie, an in anaith wis e orra pail for fool water. Fin es wis full, it hid tae be teemed intill e midden, ir aan it wattert e yard.

E pump wis cast-iron an it wirkit fine maist o e time. Noo an aan e washer geed deen an ma faither hid tae mak a new een oot o a bit o leather in eez souter's shoppie. Eence ir twice I've seen e cover bein liftit for cleanin. Ye'd ging doon on a ledder, an faith it geed a gweed bittie doon. Ye hid tae keep e cover ticht in case a hennie fell in an droont, bit files something got in onywye an hid tae be redd oot. Naebody geed a thocht till e hen's dirt aboot e moo o't.

In a hait simmer, it aye geed dry, as eel's a coo afore calvin, an syne ye got tae ken fit watter mint – ir e lack o't. We'd tae runk a barra an a big milk-can, een at held a gey fyow gallons, an wheel't doon e road a gweed quarter o a mile till a concrete cistren at e neesht fairm. Es een wis for keepin beas wattert an it niver geed dry. Ere wis an iron lid on a tap, closed be a bolt, an ye hid tae swing es back on its hinges, syne lean in tae lave oot pailfaes, een at a time. Ye'd tae lowp aff e heid o e cistren, heist e pail doon, haiv't ower a steen dyke, teem't intill e can on e barra, syne repeat e dose as aften as required till e can wis foo, an ready for its shoogly run back till e craft.

Ye fairly learnt tae be canny wi e watter. We'd nae sinks an nae drains tae squanner't on, an iv coorse, nae bathroom. Fit I did wis tae tak bilin water oot o e kettle abeen e fire in e reenge intill a basin, tap it up wi a tickie caal tae mak it loo-warm, syne I'd haad up tae ma room, steek e door, an start be washin ma heid. Followin e simple system o wirkin doonhill syne, I'd feenish up wi ma feet, an at e eyn e watter was likely gey din. E basin wis teemed intill e orra pail. It wis maybe jist an apology for a richt dook in a bath, bit fit ye've niver kent ye dinna miss, an I can tell ye at I ay felt richt smairt aifter sic a tap-te-tae dichtin. Ye cd aye hae a dook in e burn in e summer, aifter ye'd made a deepenin an cleared oot e water weeds, bit it niver felt e same. Ye wis aye feert somebody wid catch ye.

Onywye, fit's hygiene? It's aa jist a maitter o time an place. Ere wid a been e odd thocht aboot it on e craft, bit naebody hid e time tae be ower pernicketty. In my time, e estate at aacht e place pit up a new widden lavvie for's. It sat aside e moo o e close, in e nyeuk o e widden shed at wis biggit tee till e byre. Aabody comin till e hoose door geed by't. Afore at, we hid tae use een in e hens' riv, ir nae jist exactly in e riv bit jist inside an aal henhoose biggit ontill e eyn o e hoose. Es henhoose wis o tarred, timmer planks an a tarred timmer reef tee, sae it wis black a ower, an ye got tarry bubbles an blisters fin e sin wis ower hait. Ye got intill e lavvie throwe a door at wis near ay left open for e hens tae rin oot an in, an for fowk tae gang in tae gaither e eggs, maist o em in nests bit e antrin een on e slopin platform anaith e reests, laid fin a hennie hid gotten excitet an made a mistaak. Ere wis aye some scraichin an flufferin aboot fin ye made a collection, an ye got e cloaker noo an aan at widna meeve an wis mair concerned tae pick yer fingers'n tae let ye gaither e treasures she wis hoordin. Jist on e left inside es door wis anither, made o backs, an a bit rickly, an es let ye intill e aal lavvie. Fit I min is sittin ere, hearkin till e soons o e hennies hard by yer lug, richt contintit fin e gloamin wis comin doon, an noticin e filterin in o fite styoo an bitties o quills an scales throwe e cracks in e dividin waa atween you an e reests. Ere wisna a lot o licht got in an it wisna as gweed for readin in's e new lavvie.

Ere wis a lot aboot e hens' riv tae dee wi e life o e craft. E hens laid eir eggs, an ma mither swappit em for groceries fin e van cam roon. Ere maybe wisna muckle lowse siller aboot e place, bit ere wis ay eggs an butter, an ye cd gey near manage wintin pennies. It wis e hens an e kye at keepit's, ivery bit as much as ma faither's shop.

Forbye, e hennies aye geed ye a chance o a pot o fine maamie broth. Ere wis twa wyes o deein. Files a hen got oot o e run an ontill e road, ay on e haik for fresh scraps gin ey cd get aff wi't, an wid get run ower for ey've got nae sense fin it comes tae road safety. Ye'd hear e bump an e scraichin, an maybe widna be jist ill-pleased, for ye kent e broth pot wid be on, aifter due plottin an pluckin o fedders an haalin oot o intimmers. Bit files for a Sunday denner, or for e New Year, ye'd be makin hen broth onywye, sae ye'd tae gang intill e riv, an pick a victim for e slachter. Ma mither kent fine foo tae thraa eir necks an gie em a knackie bit she niver wis on for deein't, an at's ae thing I niver wid tackle. At mint ma faither hid tae dee't. Him bein a toonser fae Aiberdeen, e hidna e nack. He'd tae tak e hannle o a besom, lay't on e grun, pit e hen's neck in anaith, tramp on e hannle wi ae fit an pu e legs wi aa eez micht, e wings wirkin meantime in holy terror. E scraichs seen qualled. It wisna e best wye tae dee't, bit at's fit e did. An sae we got wir hen broth (we caad it at fither it wis a cock or a hen), an e ither hens in e riv peyed not one iota o attention till e loss o een o eir nearest an dearest.

Aye, e hens' riv hid a lot tae dee wi e life o e craft.

E Oolet

I've seen hairsts wi horse an I've seen hairsts wi tractors, nae tae spik o combines. Iv coorse, e horse wis slower, an maybe ye'd tae wirk harder tee. Ye'd tae redd roads wi e scythe roon e corn parks afore ye cd enter a binder. It's a graan feelin tae swing a scythe throwe stannin corn, sharpin't wi e brod or e steen ilky sae aften – bit nae ower aften, for if ye vrocht it richt it didna loss e edge ower seen. It wis aye mair o a fecht tae hagger throwe laid corn, though, gin ere'd been a bit o a storm at wid come fither wintit or no. Ye nott tae cut a bigger space inside e gate tae let ye tak aff e roadin wheels o e binder an wind doon e drivin wheel wi its slantin flanges, usin an iron crank. Syne ye wis ready tae go wi yer pair, een on ilky side o e pole, e blade whir-whirrin back an fore an e knotter clickin roon an ay spewin oot a bun shafe in a lang line. It wis a busy sicht an a bonny sicht wi e reel furlin, e blade makin its din, an e fresh smell o new cut stalks in yer nib, ilky stalk wi a hivvy heid o yalla corn at wis cairriet up e canvasses and gaithert at e knotter, wytin for e meenitie o release.

Fin ye wis stookin em, e shafes wis pickit up twa be twa anaith yer oxter, an set up in pairs, fower ir mair pairs against een anither. Wi fit wis scythet, ye'd tae mak yer ain baans, halverin a bunch o strae at ye pickit up in yer twa nivs, layin e heids o e twa halfs egidder, an giein em e richt kinna twist. Like aathing else, ere wis a knack till't: eence learnt, niver forgotten. Fin ye'd gaithert yer shafe an laid it on tap o e ban, ye'd pit yer knee on't tae mak it snod for tyin e tails o e ban roon't, twistin em egidder an syne tuckin e eyns in anaith e knot. Wi shafes aff e binder, ere wis mair o a shear on e dowp, an ye stookit wi e sheer oot sae ere wis as little o em touchin e grun as ye cd manage.

A park o stooks is a bonny sicht, though seldom tae be seen nooadays; fit ye get instead's raas o big roon bales, an I've naething against em, for truth tae tell a big park wi its new-shaved stibbly slopes dottit wi e bales an e mornin sin giein em lang shadas is a richt fine sicht tee. I'm nae een tae say e aal days wis better'n e new, for ere's gweed aboot baith an a buddy mn jist mak e best o e times ey live in. Bit weel, it's aye jist kinna interestin tae notice foo times an things cheenge an e fowk wi em.

At's me aff on a wrang tack again, an me spickin aboot stooks. Fit I mint tae say wis wo betide ye gin een o yon weety gales blew up an liftit e stooks an spread e shafes ower e parks again. I wyte stook parade e neesht mornin wis fully e warst job I can think o aboot a place. Ye hid tae get e shafes aff e stibble tae haad em on connacht baith emsels an e new girse at wis tae folla. Hiv ye iver tried a mornin or a day liftin weet shafes? Yer oxters seen get sypit, haad awa fae e swyte, an ye daarna dee't wi bare airms or ye eyn up wi a sotter o crossin scrats at get aa firet up an bleedy, an I'll tak waagers at ye winna sleep at nicht. Fither ye've bare airms or no, e straes'll scrat e backs o yer hans an yer wrists onywye, an ye mn jist thole.

E time wid come fin e stooks wis reeshlin dry, an leadin follet. E box cairts wis riggit oot wi hairst frames at geed extra support aa roon for e load ye wis tae get aff e parks an intill e cornyard. I ay landit up forkin ontill e cairt. Ere wis a wye o turnin an layin e shafes tae mak it easier for e bigger on tap o e load, bit ere wis e odd time fin ye wis in an ill teen an ye didna bother, or maybe ye'd faan oot wi e bigger an syne ye'd pirk up e shafes twa at a time an jist aboot droon e peer breeet, till e begood tae roar an fling em aff again. A hairst park's nae ay a place o sweetness an licht, for fowk are only human. Bit e fairmer wid seen sort sort ye if e noticed ony stramash, for on slopin parkies an roch fairm tracks ye hid tae big richt, layin e shafes weel oot ower e frame tae get a richt load, an hairtin up weel tae bin in e tails. It didna dee for yer load tae faa aff. Apairt fae e extra wirk, an e loss o time wi fowk wytin idle at e rucks, ere wis e chance o brakkin a cairt or foonerin e horse atween e shafts. Naa, naa, it didna dee ataa.

Sae e bigger hid tae be a man o skill, an I niver won up till es livel, ir maybe fowk jist thocht I wis better at forkin. Onywye, forkin wis ma job, an leadin e horse an cairt hame, wi Willie flappit on tap o e load, fair teen wi imsel, wheeberin awa like a lairkie bit jist e ae note.

Some places wis lang ahin ithers ir ey got tractors. Iv coorse e bigger fairms got em first, an ma faither an masel wid dee a bit o hairst wark for e een neesht till's, e exchange bein at ey caaed wir muck an binderet wir ain craps. I winna say bit fit – me bein a hard-up student – I didna get a bit o a backhander fae e fairmer at e eyn o e hairst, an welcome enyeuch it wis. Fin ma faither first dreeve a tractor an trailer fae stook tae stook, e wis ill for nae minin it wisna a horse an e'd shout 'Wooo!' afore he minet tae pit eez feet on e brake an e clutch.

Ae thing, it wis a lot harder a hurl oot till e parks. E motion o a horse is slow enyeuch for ye tae coonter a warst o e dunts an dirls as ye sit in e cairt, bit naa, naa, it's nae e same if ye're sittin on a tractor bogey. Ower e roch fairm track it wis jist a succession o dirds at geed throwe ye like steady haimmers, yarkin yer doup an yer very teeth, sae ye wis gled tae win aff e track an ontill e safter park, faar e tractor wheels carved oot a lang double line atween e wytin stooks.

We teemed e park, fullin loads, seein em aff till e cornyard, an harly haein tae wyte a meenit afore e secont tractor wis at's again. If it wis a far awa caa, ye cd get a langer rest. Bit e best bit wis aye piece-time, fin e weemen brocht a basketfae o scones an bannocks wi butter an rhubarb jam an kettles o hait tae wi plinty o sugar till e forkers in a park. Maybe ye hid tae fecht wi e flees tae see fa cd ate faistest, bit deil care, a piece in a park's aafa fine. Ye cd settle wi yer back till a stook an enjoy e feed, an haad a hyse wi e deem an get as much cheek as ye gied. Ere wis aye plinty o lachin at piece-time.

Ere wisna a lot o privacy in a big park an ye cwidna tak time tae trail up till e wid if ye wintit tae mak watter, sae ye jist hid tae dee e best ye could wi e shelter o a stook. Ere wis ae time I wis forced tae gang an I socht oot e back o a big roch stook. As I wis aboot tae come awa again I heard a bit o a reeshle an a funny kinna squeak inside it. Aye an ill-fashint loon, I haaled awa twa o e shafes an ere wis a smaa broon oolet wi its cat's e'en an cat's lugs, feert at's iv cooorse an tryin tae get awa, bit e craiter hid a broken wing. I tellt e ithers an for eence e curiosity wis mair regairdit'n wark, for wi e stooks awa, ere'd be nae mair shelter. Said ma faither -

'Awa hame for a box'

Naething loath, I ran doon e park, ower e Pitglaissie burn, by e roadman's hoose at ma faither hid for eez souter's shop later on, an intae wir ain barn. I'd a hidey-hole o ma ain here. I'd fleered half e couples wi backs, an at wis far I aften geed tae read books I'd cadged fae neebers, an far I keepit a store o ferlies. Ere wis nae laidder up till't. Ye jist swung yersel up on twa open couples an hitchet yer leg upside doon ower een an wi a bit o a wriggle ye got there. It keepit ither fowk awa fae yer trocks. Eence I missed ma grip an fell heid first ontill e concrete fleer o e barn. I knockit masel oot fir a meenitie, bit nae hairm deen – ir neen at naebody iver noticet. Weel, I got a cardboord box ere, aifter teemin oot a fyow curious steens I'd collectit aff e parks an e dykes, an a puckle all cloots, an wi es I ran aa e wye back again.

We easy got e oolet intill e box, it wisna fechtin aa at much, an likely it hid been ere a gweed file wintin mait. Aifter lowsin time, I took it hame, wi a cloot ower't in e box, an I tried it wi water an wi loaf an milk (nae haein ony mice handy), an keepit e cats awa, bit ere wis naething we cd dee for its wing an a vet wis niver thocht o. Ye cd see it hid heen a sup at e water fae e spirks roon e tinnie, bit naa, naa it wis nae eese an twa mornins aifter, it wis deid. I beeriet it at e back o e hoose, aside e boortree busses, at a place faar it widna be disturbit, an set a slaty steen flat abeen e lowse yird.

E Forkietailies

'E horny gollach's an aasome beast,
Lang an scaly,
Wi a hullock o horns an a hantle o feet,
An a forkietailie'

At's a gey made-up kinna rhyme. An it's nae jist richt, for e forkietail's nae scaly, at least nae in e wye at es dragons is supposed tae be scaly in e stories. Bit ey're ugly lookin craiters richt enyeuch an e lad at made up at verse (I some doot e cam fae a bittie farrer sooth'n Aachterless) widna a likit een craalin intill eez lug ony mair'n onybody else. Ye jist get em aawye, files even anaith e front door mat at e hoose in Edinburgh, bit mair sae on e fairm an noo an aan ye get em in maist ondeemous haals at a time.

Een o e jobs I likit wis giein a han sortin palins ir deein't masel fin naebody else wis aboot. Ere wis still puckles o gweed steen dykes, bit ey were growin aal an ere wisna e same experts aboot tae sort em ir pit up new eens. At wis e wye maist o e palins wis jist e widden posts an weer, plain or pikit. It wisna uncommon for a line o posts tae be haimmert in at e back o a dyke, maybe jist wi ae straan o pikit weer tae keep e beas aff e dyke itsel. Aa es mint ere wis aye a lot o sortin tae dee. E birz-birzin o beasts' heids as ey tried tae win at a pickie o better like girse at e ither side o e palin slackent e weers an malageroost e posts, sae naething for't bit tae get e barra oot an load it up wi a mell, maybe a spare roll o weer, a claa haimmer, a picker, a pinch, a peer man, an an aal seerup tin wi a weer hannle full o staples new an aal, an shove e hale lot tae fitiver park e sortin nott tae be deen in. Seein it wisna jist an iveryday jobbie, ere wis aye a bit o haikin for aa e tools, some in e gig-shed an some in e neep shed, an files for mair serious braaks ye'd maybe hae tae tak e rope pulleys as weel. Ye cd fairly gar e weers twang if ye uset a pulley.

Weers depen on bein conneckit till a strainer at e eyn, tae keep e tinsion. If a weer wis broken ye'd likely hae tae slack it aff at e strainer, pit in a splice, syne tichen't up again. Nae at ye ay did at, for ye mich be in a hurry an mak a mair temporary job o't, bit fit's nae deen richt's ay tae be deen again in time. E eyns o weers roon e strainer wis ay gey weel stapled in, an ye cwidna jist haal em oot wi e claas o a claa haimmer. Ye cwidna even get em anaith e weer on ilky side o e heid o e staple, for it wis ay half sunk intill e timmer. Sae fit ye hid tae dee wis tae knack in e pintit eyn o e picker an levert back, as aften as no haein tae chap it back for it wis mair'n e strinth o yer fingers wid manage. If e staple wisna aafa aal it wid slide oot, bit if it wis aal an roosty it wid brak in e middle, bit fitiver, ye got e weer lowse. E picker wis a richt handy tool, gey aften made oot o an aal risp, an gin ere wisna aal risps aboot e place ere wis aye plinty aboot e smiddy. Man it's jist graan tae hear e click o e haimmer heid on e blunt eyn o e picker, an it maks a bit o an echo at comes back at ye fae e idder side o e howe, mixin wi e caa-caa o an antrin craa an e iverlaistin sangs o e laiverocks, or e steery noise o e skirly-wheeters. Ye wis aften jist hyne awa fae aabody, ye cd think yer ain thochts, an ye cd be baith hyne awa in yer heid an ere at e same time deein things wi yer hans. Ere's naebody can pit a damper on thocht, bit ye canna think e same fin ye're crivved wi fowk in a hoose, an e fine freedom o ootside wark gies ye mair scowth tae think in yer ain space.

Ere's e maist infernal lot o science aboot a simple tool. E picker hid mair eeses'n een. It wisna jist for gettin in anaith e heids o hard-driven staples an syne giein em a helpie oot. Ere wis a hole close till e blunt eyn, an if yer weer wis broken at e middle o a linth, ye cd pit e lowse eyns throwe es hole an use't tae splice twa bits egidder. Min you, if ye hid nae picker wi ye, ye cd aye try e claas o e haimmer bit e eyns wis mair like tae skyte wi ye an it wis jist a ficher. Ye'd niver mak as ticht a job as wi e picker. Ye'd niver think, tae see a picker, at it wis sic a skeely objeck. Fowk at hiv tae dee things wi eir haans hiv tae learn foo tae gar tools wirk as extensions o eir haans as weel as eir heids, an e picker's jist ae example o fit a bit o thocht cd dee. Bit fin e kinna wark it did 's nott nae mair, an e fowk at used it hiv geen, faa's tae ken fit a picker mith a been for? Maybe it's a job for museums tae keep a record o sic skills an e tools at geed wi em.

For a richt slack weer, ye vrocht e pulley, bit ere wis aye a bittie o slack atween e pulley itsel an e pint o anchorage on e strainer. Es is faar mair skill cam in. Ye'd tae use e peer man, a kinna iron lever wi a screw or hannle close till ae eyn at ye hid tae twist ir turn tae grip e eyn o e weer fin ye wintit tae tak up at wee bittie o slack. If ye wis skeely enyeuch an made a gweed job o't, boy e weer wid sing like a fiddle fin ye wis deen an it wid tak a lot o reemishin o e beas' heids tae pit it oot o reel again.

Bit afore ye tacklet e tichnin, ye'd tae get e posts intae gweed order. Es is faar e mell cam intill its ain. E mell wis jist a hivvy mallet. Ye got e shaft in yer twa nivs, squaart ontill e post, haived e mell abeen yer heid, syne up on yer taes as ye opent yer shooders tae gie't full pooer an skelp it as flat on e tap o e post as ye cd manage, e dose tae be repeatet as aften as nott. If ye didna land flat, ye'd split e post. It wis a job ye cd richt enjoy gin ye wis swack an prood o yer strinth, bit for a buddie at wis wearin on ir nae aafa weel, it widna haad im lang ir e'd be gey ferfochen.

Ere wis twa wyes o deein. If e post wis jist slack, ye mith jist need a gweed lick tae firm't up. Bit if ye'd tae pit in a new een, or shift e aal een a bittie, ye'd tae mak an openin first in e grun wi e iron pinch. Ye wirkit it up an doon atween yer hands, rammin't in an shooglin't roon an roon at ilky straik, till ye'd got a fine, upricht holie tae sair as a gweed foon for e post. Bit aften e pinch wid cry closh against a steen an at wid fair dirl yer fingers, an it cd be deil an aa in richt hard grun tae get aathing snod an tae yer likin.

Bit ye didna knock e strainers in wi e mell. Ey were ower big for at, for ey were mint tae tak e strain o e weers in twa directions at e nyeuk o a park. Ye'd tae dig a gey gweed hole tae reet em in, an pack em weel aboot wi sma steens, an full back in e yird ye'd howkit oot. Syne ye'd tae bishop at as hard's ye cwid tae pack e grun. Ye cd mak a gweed bishop oot o e broken hannle o an aal mell, stuck inside e middle o e hivvy iron bit oot o e inside o a cairt wheel, syne ye vrocht it up an doon like a steam haimmer till e saft grun wis as firm's e rock o Gibraltar.

Bit naething in life's perfect. Skill ir gweed balance coonts bit ye canna control aathing, an dee fit ye like ere wis aye a post ir twa at wid split doon e tap fae e force o e wallop fae e mell, fither it wis a flat een ir no. Files a spear wid flee aff an ye'd maybe be left wi aboot a third or even half o e side o a post awa at e tap, nae jist convenient for chappin staples intill. If it jist split, ere wis nae pint in chappin mair wi e mell an sae ye left it. Es is faar e forkies come intill e story, for as sure's fate if ere's a crack in a post ere'll be a colony o e craiters in't fin ye come back a month ir twa later as ye gyang roon e palins.

Nae thinkin, ye'd gie e tap o a split post a canny knack, an wi e dird ere'd be jist a richt flood o forkietails, black granfadder eens, broon eens, an puckles o em a peely-wally fite colour, same's ey'd been new claikit an hidna heen time for e shalls tae grow dark an harden like eir elders an betters. Ey'd come in aa sizes. Files it wisna a crack in e post, bit jist a strip o bark at cam aff (if e post hid been cut fae e side o a branch or trunk), an ere'd be a faimily o forkies left haimless tee, bit e richest lode wis aye in e cracks in e posts.

Aye, forkies are awye. Faar ey come fae, Gweed kens, an faar ey gyang till, Gweed kens tee, though I doot if e's sair bothert. Maybe they're jist like fowk; aa kins, here e day an geen e morn, bit aye poppin up again somewye or anither.

Watter Rats

'Look up!',

e fairmer roaret fae e tap o e ruck. If ye hid deen at, ye'd a gotten a clew o coir yarn in yer face. Ye niver jist kent if e wis playin a joke on ye ir no, an if e wis, e wid niver admit it, bit likely e wis, an it wis jist eez wye o testin experience. Es job wis rapin thack on e rucks. Ye steed on a grun at ae side o e ruck, an pitched e clew up till e thacker, makin sure at e lowse eyn wis weel tied in aboot e easins. Syne ye ran roon till e ither side tae nab it as e fairmer bunged it doon at ye again, an at's faar e ay tried tae catch a young lad oot. E thacker steed on a laidder, an e laid e rapes rale canny ower e shooders o e ruck in e richt places, ir aan e thack wid get aa kerfufflet at e first puffie o win an sair nae purpose tae man nor beast.

Afore es e corn hid been led an e rucks biggit in e cornyard at e eyn o e park abeen e road. A post caad intill e middle o ilky foon ay helpit tae keep e hairts weel up, an if ye'd biggit richt, e shanks wid staan fower-squaar, nae need for oxter staffs, in twa raas wide enyeuch apairt tae let e traivellin mullie in, in season due. Be e time o thackin, e craps wis weel in, aff e parks, an ye'd got winter. It's a fine wye o pitten't, 'tae get winter', for fit ye mean is at ye're jist ready for winter, mair ir less, an it's maybe got e sense in't tee o breathin a sigh o relief noo at e main eyn o e fairmin ear's bein richt seen till. Let e caal rain an snaa come, we're ready for't, wir craps is in.

Ere wis rucks in e cornyard aboot e hooses tee, at e back o e barn, bit ye didna need tae tak jist as much care wi e thackin o em, for ey were teen intill e barn bit be bit aifter e beas wis in e byres. E corn wis thrashen oot an teen up in e cups o e traivellin belt till e corn laft, an allooed tae heap up on e fleer as a licht styoo raise aff o't, till ere wis enyeuch for pittin throwe e winnister in due coorse. At e same time, e strae cam aff e shaakers an intill e strae eyn o e barn, faar it wis forkit ower till e back an weel trampit doon tae mak room for a full thresh. Trampin wis a job e loon aften got tae dee, bit it wis a richt styooie job at garrt yer een nip an e stuff wid gang up yer nose. Yer spittins wis black for a filie aifter. It wis an eident jobbie. Ye'd be wishin e shakkers o e mullie wid cry wo, jist for a meenitie, bit e monster roart on, a hard maister.

Bit eence e mull wis on, it wis on. Ere wis a lot o labour in e startin o er an ye widna hae wintit tae dee't twice. It wirkit aff an ile ingine, an Allan, made in Aiberdeen, wi a great big tank tae be fullt o pails o water, an a smaaer tank for paraffin. Tae get er up tae ignition heat ye'd fair tae hae yer blowlamps roarin intill e sides o e iron holes e flames geed throwe, till e metal wis gey near at fite heat. Fin e time cam, a buddy wid stan ilky een ahin een o e twa fly wheels, tak a gweed grip o e ootside edges, an pull e wheels till em. It wis jist breet force. Ye held on wi es, ay gaan e faister, till e ingine took an e fly-wheel spokes wis blurrin roon an a fair blast o win cam aff e spinnin surfaces ontill yer face, an e ballies o e governor wis careerin roon tee. Stoppin't wis nae less fykie. Aifter ye'd turnt aff e paraffin valve, ye took a saick apiece, held em in front o ye, an leant yer wecht tee till e fly wheels till ye'd slowed em doon till a stop jist wi e friction. I doot ye widna get awa wi sic wyes noo. It did yer hairt gweed, e roar o a weel-iled ingine, bit wi es palaver tae get it goin, ye daardna let it stop ir e job wis deen. As ye vrocht inside e barn, ye'd aye tae tak a teet at e ingine tae mak sure it wis behavin itsel. Ye'd te gang doon e barn steps an intill e ingine hoose tae check, for ye couldna see e ingine fae e barn. Ere wis a big aixle geed throwe e barn waa tae drive e mull, an inside wis e pulley wheels an e drivin belts for e different bits o e mull, bit though e ingine wis lood e roar o e drums wis even looder an ye cd hear em fae hyne awa. Thrashin's nae a quairt job.

Es geed on aa e time fin e beas wis in e byre, in e coo eyn or e feeders' eyn. E byre door opent intill e barn, meevin straacht up an doon on a system o wechts an pulleys, an throwe it e strae wis graipit or forkit till e beas. Some wis for beddin, some geed intill e hecks at e fronts o e staas, an e beas chaaed intill e fresh strae fine, gettin eir tongues roon wispies an tittin em oot wi a sidewyes pull o e heid.

Bit e ruckies in e park werena tae be broken intill ir e traivellin mull cam, an nott tae be weel proteckit for e months o winter. At wis e wye ey'd tae be weel thackit an rapit. I maan tell ye ere wis twa wyes o deein, swappin an edderin. It wis swappin we wis deein, bit in aaler days e fairmer hid eddert em tee. At took a filie tae get things ready. On a weetichtie day, ey wid twine rapes in e shafe eyn o e barn fin it wis teem, ae lad turnin e tweezelick or thraahyeuk (baith were for twinin rapes, bit e tweezelick wis a bent branch wi ae eyn tied back tae mak a hyeuk, an e thraahyeuk wis mair in e shape o a car startin hannle, wi twa revolvin widden han-grips an an iron body at eynt in a hyeuk), an e idder lattin oot. E latter oot hid tae be skeely. E sat be e heap o strae, an linkit a tuftie ontill e hyeuk o e twister. Syne e lad startin tae twine, meevin backlins aa e time, as e latter oot vrocht awa wi eez fingers tae feed e strae in smooth an steady. It wis said if ye wis a gweed fiddler ye'd be a gweed latter oot, bein weel eest tae fingerin e strings.

Fin ye'd twinet a lang enyeuch linth, en wis e time for anither richt nacky job tae be deen. Ae eyn o e rape, aboot a nivfae braid, wis turnt back on itsel, an e same thing deen again. Syne ye startit tae wip e rape roon es core, figure-o-acht fashion, till ye'd made a ballie aboot e size an shape o a rugby baa. Ye nott tae be gey gweed tae dee't richt, in fact it wis een o e skeeliest kinna jobbies ye cd try, an nae muckle winner ere eest tae be edderin makkin competeetions at Agricultural Shows, bit at's aa by lang seen. Es museums at fowk sets up nooadays, maybe ye'd get een ir twa samples o edderins in em, bit fit wye div ye keep e skill in e makkin o em? Ye learnt it fae yer faither, an hid till for ere wis naething else for't. Force is a gran teacher. Onywye, eence made, e edderins wis keepit on e couples o e reef o e corn laft till e time cam for rapin e rucks.

Change maan come, iv coorse. Fin it dis, ere's nae upplin or divallin, an it disna help a lot tae greet aboot it. Even in e wye o makkin clews ere wis change. Fin e knottin binder cam in aboot e 1870s, e shafes cam tae be tied wi binder twine. At mint, fin ye threesh, at e lad feedin e mull hid tae cut e tows an lay em aside, nae lettin a tied shafe gang throwe e drum ir if e did be mistaak ere'd be e maist aafa whoosh! an ye'd pit a lot o strain on e mull's intimmers, forbye nae gettin a e corn oot. Ae lad I kent used a reaper blade fittit intill a widden hannle for a knife, bit e'd a loopie o towe roon eez wrist tee for fear o lettin't faa in. Ye jist hid tae be maist aafa partickler. E tows wis cut close till e knot. Gin ye wintit tae be bathert, ye cd a coontit e number o shafes put throwe e mull be coontin e number o tows.

Aifter e thrash, es tows wis tied egidder intae lang ropes an wun intae baaies. Syne ye cd use e baas, twa ir three depennin on e size o rape ye wintit, tae feed ontill e thraahyeuk. At wye fowk stoppit makkin strae rapes an took tae twistin binder twine. I cd sweer at wid be aboot e time e thraahyeuk took ower fae e tweezelick tee. It mint ye didna need e abeelity o e latter-oot ony mair, an nae mair did ye need tae mak edderins, for e tow rapes wis wun intae roon clews. Ir if ye wis ower sweer tae twine yer ain rapes, ye cd get baas o coir-yarn an ey were roon onywye, an if ye wisna far fae yer fishin freens aboot e coast, ye micht mak eese o aal nets tae haad doon e thack, though I canna say nets wis aa at common wi hiz. Aa e same, it's jist a maitter o iverlaistin curiosity tae see foo ae thing affecks anidder, an foo e comin o e binder wi its binder twine shortly did awa wi strae rapes an edderins, an wi em jist a bittie mair o e aal wyes o deein.

Aye, I ken ere's maybe nae muckle eese kennin aboot es aal trock, an ye'll be winnerin aboot e watter rats, bit thole awa boys, we'll win till em. An ere's mair aboot rapin yet. E shuttle shape o e edderins wis mint for a speecial wye o wirkin, fither on e taps o rucks or – in e aal days – on e reefs o hooses. First ye pit on yer upricht rapes, clean ower e tap o e ruck wi its coverin o thack, an ilky rape-eyn weel bun in. Syne ye took yer edderin wi its fine pintit shuttle-shape an startit tae shoo in below an roon ilky up-an-doon rape, haadin roon an roon e croon o e ruck till ye'd got aathing ticht an snod. E ootcome wis a pattren o squaries as ye lookit at e croon fae a bittie awa, jist like e squaar meshes o a big net. At wis e wye ye kent an eddert ruck jist be lookin at it.

Bit wi roon clews, ye'd tae wirk in anither kinna wye. Ye hidna e shape for shooin in anaith an roon a set o verticals, sae fit ye did wis swappin, an es wis fit we wis at fin e fairmer roart 'Look up'. Ye'd tae haiv up e roon clew, tak e rapes roon e shooders, een at ae side een at e ither, till ye'd wirkit yer wye roon e heid o e ruck. Es time, ye got e ropes intill a criss-crossin arreengement o dyment shapes, an es wis far an awa e maist common system in my time. Ere's little doot it cam in tee ahin binder twine an coir yarn.

I doot I'm pittin e cairt afore e horse again, as I'm ill for deein, for I hinna telt ye yet fit kinna thack wis bein rapet. A filie afore e wark wis due tae be deen, e fairmer'd get haad o e scythe an e steen an haad throwe e close, doon e slope till e burn side an ben e burn, passin e wider bit faar e beas hid eir watterins. At wis faar ey cd wyde richt intill e burn tae get a drink an fin e widder wis lang weet ey'd plyter aboot ere fither ey nott a drink or no, sae e park wis aye richt poacht at es pint.

A bittie farrer doon wis fit wis caad e bog, nestlin at e fit o a slope covert wi trees. Es wis e plantin, rale thick, an graan for shelter. Ere wis even some fancy kins o trees wi big cones, yowies, fine for loons tae play wi an ey'd files mak a decoration for a time on e sill o e kitchen windae. It wis es bog e fairmer wis heidin for, an here e scythed eez sprots, watchin as e vrocht nae tae plype intae dubby holes. E shafed e cut sprots an stookit em an left em till e wintit em for thackin e rucks. It wis tyeuch wark an ye nott tae keep e steen on e blade. E hard stalkies didna tak lang tae connach a new edge.

Snails an puddocks an aa kins o oddities cam tae licht, sae I likit fine tae be aboot fin is job wis on. Fit I min maist, though, wis noticin e holies in e bank o e burn at e bog side. Ere wis a lot o em. It wis faar e water rats bade, though ye niver got much o a glimpse o em fin ye wis gaan aboot. I took a thocht tae masel at ey were spylin e bank an richt enyeuch ere wis erodet bits at different places, bit noo't I think aboot it, e rats hid likely naething tae dee wi at. Mair likely it was e pammerin o e feet o a cattle beasts et hid won in an wis tryin tae get oot, ir aan e caase wis a sidewyes rush o water aff a steen in e bed, at a time fin e burn wis big. Bit e rats couldna a howkit oot sic big half meens in e bank. It wis a weet an files slimy place at e best o times, nae at ull for e bank tae be upset.

Onywye, I up till e gig-shed, an got a haad o twa ir three o es iron traps wi e plates an e zig-zag teeth, coorse things bit es wis afore e days o e Cruelty. I set em aside some o e rats' holies, wi widden pegs throwe e rings at e eyns o e chynes tae mak aa siccar. I'd a gotten ma kail throwe e reek gin I'd tint em. Neesht mornin doon till e fairm on ma byke an rinnin till e howe tae see fit success. Aye, twa. I keepit at it for a gweed wik, catchin a fair puckly o e bonny black craiturs. Syne I took a richt scunner at masel, an stoppit. Tempora mutantur, nos et mutamur in illis. I widna dee't noo.

E Hares' Lavvie

Hares ay gies ye a queer feelin. Ye can easy think ey're nae aathegither canny, e wye ey stan on eir hin legs an look aboot em wi eir een, dark-broon, nae expression tae be noticet, ye'd think it wis aa e same till em fither it wis caal ir hait, ir fither things wis coorse ir fine. Ere's a sang aboot Bright Eyes bit truth tae tell ere's naething jist aafa bricht aboot hares' een. Interestin craiters, though.

Ere wis eence I wis aboot e fairm ae winter, fin I'd got a bit o a holiday. A lot o snaa hid faan, an it wisna a great journey. It wis a maitter o drivin canny, an mair sae fin ere's bairns in e car wi ye. It wis touch an go at e heid o Linshie brae, bit e Turra lads hid been by wi e ploo aboot an oor afore an ere wis ae-wye traffic on e road. For a blissin, we met naebody, for ere wis naewye tae gang bit forrit ir back, an we jist managet nae tae get boggit doon ir beddit in a drift. In places e snaa wis heicher'n e sides o e car. I'd a spaad in e boot, bit I didna need it, haad awa fae a bit o diggin tae get e car intill e mou o e close at e fairm. I winna say bit fit I wis glaid tae get ere.

It's niver fine gaan intill a caal hoose, mair sae comin oot o a hait car. It warms up seen enyeuch in e main pairts though, bit it's a thocht gaan tae yer bed in blankets at hinna been in eese for a file, even if ey hiv been gien an airin. Ye wis glaid o a bottle put in, een o es modren rubber contraptions ir an aal style lame pig vrappit in a cloot.

Ae queer thing aboot bein up ere in e winter, ye nott a thick gunsey as weel as yer jaicket an cwyte for e first twa ir three days, syne ye jist got acclimateesed an deil a cwyte geed on for e lave o e time, haad awa fae weety wither. Iv coorse it wis nae eese stannin still. Ye'd ay tae be gungein aboot tae keep e heat up, ir aan if ye wis in e hoose, ye'd tae get a gey gweed fire gaan

Fin I wis up in e simmer, I ay fullt e black sheddie wi sticks, hackin up aal posts an faan branches fae e plantin at e back o e hooses, sae ere wis aye plenty o kinnlin. Inside, I set up camp in e ben-e-hoose room. It hid an open fireplace, an eence ye'd cleart e lum o aal copies o e Press & Journal, stappit in tae keep oot stirries an kep black lumps o sit at wid itherwise hae broken an maybe scattert ower e fleer, ye cd set e fire wi paper an sticks, nae badderin wi coal, an shortly get a gweed lowe. I cairriet e sticks in fae e shed in carboord boxes, an jist fullt em again as ey teemt. Ye'd tae be canny wi aal posts, for ey were files a bit rositty an ill for cryin crack an throwin sparks.

Aifter a file e heat built up jist graan in e room an ye cd sit at e table in e middle tae yer hairt's content, yer byeuks an bits o paper roon ye, wirkin awa, fither or no e rain wis batterin at e windae or e blin smore wis yomin ower e parks ootside. Ye'd jist tae stop noo an aan tae tap up e bondie, an gin ye'd run oot o eesefae thochts, ere wis a lot o pleesher in sittin in e airmcheer alangside e fire an hearkin till its crackin an files a puffie o gas ignitin ir watter explodin in a branch, an watchin e flicherin shapes o e lowes an e eyns o wee stickies curlin up an turnin intae fite ais. E ais drappit throwe e bars intill a metal pan an eence it hid built up ere, it keppit e heat tee an helpit ay e mair tae shore up e temperature. A graan thing, a gweed fire.

Es holiday, e snaa niver liftit. A fresh niver cam. It dang on near ilky day ower frozen meels, noo an aan e sin wid keek oot atween e great fite cloods for a filie afore haalin its heid in again. Ere wis een or twa richt blaas at fullt e road wi wreaths an we couldna ging naewye. Nae at I was ill pleased, for it wis aafa fine jist tae traivel ower e parks an roon e biggins an see aa e queeriorums o shapes e snaa hid been made intill be e win. Hiv ye iver seen parks o snaa smokin as e win sent e drift swirlin an billowin ower em, biggin up wreaths big an smaa ahin ony obstruction, fither a clump o girse or a lang steen dyke? Ere's nae mony fowk gangs oot, haad awa fae seein till e beas, though ere's aye an antrin chiel at'll be ower e parks wi e gun aifter rabbits or hares, an feels like masel at gangs oot wi e camera jist for very pleesher. An pairt o at pleesher wis jist bein yer leen, faar ye left nae mark in e world unless a lang line o fitmarks at fullt in ahin ye, bit ey bade ere an fin a fresh cam, aften followt be a quick frost, ye cd see yer trails again fine. At's aboot as close tae bein immortal as a buddy can get.

Bit ye cd niver be richt yer leen. E birds an e beasties left eir tracks tee as ey huntit sair for mait, sae ere wis ay company. Ae foreneen I set aff on a roonaboot trek, haadin first up e park abeen e road, syne ower by Berrie's Wid. Weel, it eest tae be a wid, bit e fairmer hid felled e trees an cleart it. E trees hid been plantit ower rig an fur ploo marks, fit e aal fowk caad burrel rigs. I watchet e park ower a lot o ears as it wis tilled an grew different craps, bit it took an aafa lang time ir e marks o es rigs startit tae weer oot. I widna winner gin ye'd see em yet, in a laich sin. Fit e fairmer left, though, wis e fail dyke at lay roon aboot e wid, crooned wi a floorishin crap o breem an funs at geed gweed shelter till e craps an a hame tae birds an wee beasties.

On fae ere ower a rale flat park wi a watterin troch at e far side, e watter jist a raised block o solid ice, an up e slope at ay got steeper, an e country wilder. A little difference in hicht can mak an aafa odds in sic a cwintraside an ye begin tae think at ere's maybe something aifter aa in fit es literary kinna lads says aboot e 'hard' Northeast, 'e caal shooder o Buchan', an sic like, though its only files. I plunged on, noo an aan up till e knee, bit it fairly haits ye up, an on till e Geese Peel. It wis a perfect mass o ice, smooth bits an roch bits, fite bits an bluey bits. Across e middle wis a line o posts at some lads'd got weet feet caain in. If ye hid a teet at e one incher, ye'd a seen at e dividin line atween Aiberdeenshire an Banffshire ran richt throwe e middle, an maybe e palin wis e marker. Funny, at e reet o ilky post wis a wee circle o bare watter, same's a bit a heat wis comin oot o em. At wis a gweed enyeuch warnin, sae though I tried ma fit on e edge o e ice I didna gang far oot, mair sae cis I cd hear a bittie o sighin an crackin an I'd nae fancy for a frozen doup in at wither. Ere wis some tracks o birds bit nae a geese or watterhen or ony ither tae be seen es day.

Syne roon e Peel an alang a dykeside, haein tae keep weel back fae't tae dodge e warst o e wreaths, ower till e nyeuk o e park faar a fyow trees, een o em a rodden, an e relics o some gairden plants, blue-flooert in e simmer, wis signs at ere'd been an aal hoose ere at ae time. On be anither lang dyke, risin aa e time till ye felt ye wis on e reef o es pertickler world, in full sicht o e Knock Hill, an e air aye gettin nippier aboot yer lugs.

Ma heichest pint wis e quarry at e heid o Pitties' grun. It wisna very welcomin, half full o snaa, an e deep pot at ae side wis clean beeriet an gey chancy tae gang near. E sheddie at eest tae be win an watterticht, faar e quarrymen keepit eir tools, hid begun tae faa in. Bit ower be e quarry face I cd see a bit o carvin, something at e birkies at eesed tae roam e slopes lang seen wid a recogneesed – it wis jist a carvin o fit e antiquarians caa e 'crescent an V-rod', copyin e symbols at ye get on some o e steens e Picts is supposed till a carved. In case ye're thinkin es wis a Pictish quarry, I'd better pit ye oot o yer misery, for it wis masel at cut it, in a fit o relief aifter I'd feenished ma exams at Aiberdeen.

Fae ere, doon een o Pittie's parks, by fit wis left o fit hid been a steen circle. Maist o e steens hid been shiftit (likely they'd been broken tae big pairt o e dyke), bit a twa-three wis ay ere, e big flanker an een wi cup marks on't, fit ey were for naebody kens bit it's fine tae think ey were for libations at some ceremony ir ither, I aye thocht o em as bein fullt wi milk bit it cd easy been something a lot waar. Naebody kens.

I heidit back till e road, comin at it aside e aal hoose at ma faither used for eez souter's shop, though noo ere wis a big crack in e gale an e windaes hid nae glaiss. Es wis faar e young lads gaithert in e evenin, bocht fags an sweeties an bottles o ale (at wis lemonade, ye ken, naething mair pooerfae'n at), an jist blethert an held a hyze wi een anither as ma faither sat haimmerin at e tackets. E wisna awa fae hame a lot, bit ere wis little e didna ken aboot fit geed on aboot e place. It wis e local communications' centre.

Es is a queer kinna trek, nae jist plungin throwe snaa, bit plungin throwe past time tee, ma ain as weel's e country's.

Doon e mou o e Arnheid road, faar rubbish hid been dumpit oot o e gairden sae in e spring ere wis e flooers o yalla lilies an fite lilies tae be seen mixed up wi e breem an e funs, bit naething tae be seen inoo anaith e snaa. Eence a gweed cairt track, noo it wis aa chokit up wi growth, an I seen desertit it for e parks. Ey were easier tae walk in, an I slantit ower em up till e wid, crossin e place faar I eence fun an oolet in a stook, an enterin e wid at e tap eyn. I geed richt roon e back o't as far as a set o big trees faar I'd eence carved ma initials, syne crossed ower e foon o e hut circle, an doon till e pint faar ere wis some big beeches, likely e biggest trees left in e wid. E nuts hid lang seen faan. Inside e wid at e back o e trees wis e foon o an aal hoose, faar a wifie caad Nellie Dempster eence bade, though Gweed kens fit she did for fresh watter. Fin I wis a student I took a fancy tae howk it oot. Nellie'd heen twa rooms an a sheddie at e eyn. Er kitchen hid a steen-flagged fleer an somebody'd likely made bee-skeps aboot e place for I come on a skep needle, wi a flat curved pint an a hole at e back eyn. It wis gey roosty, bit in its potestater it wid a been clean an shiny, slippin smooth throwe e baans e skeps wis made o. Ye cd mak strae mats wi em tee, roon ir oval.

Ere's an aafa aal foons aboot e place. Ere'd been een at e fit o e brae, abeen e plantin aside e bog, though ye cd only tell't fae e bigger quantity o steens at turnet up ere fin ye wis plooin. E feck o em's clean cleart awa if ey were in open grun, an its jist aboot wid edges an on roch grun at ye get e mair substantial remains. It fairly maks ye think foo mony fowk ere'd been aboot a place a hunner ear seen. An ere mn a been a lot o help fae neepers for ere wis plinty o aal craiters in at hooses an maybe nae a lot tae keep sowl in body withoot a han noo an again.

Aye, fin ye gang for a walk like es, it's nae jist fit ye see aboot ye, bit fit ye min on, an fit ye've got tae ken, at aa comes egither in a richt birn o thochts at ye're nae exactly thinkin, bit mair jist lettin wash ower ye. An aye ere's something new tee. On es day, it wis e hares.

Fin I left Nellie's hoose, I crossed e aal fail dyke at a gate an geed on intill e park. I wis gettin a wee bit weary be noo, for I'd come a lang wye. Plungin throwe snaa wi a rale hard crust for an oor or twa'll likely use up near as much energy as ye'd need for e Marathon. Bit I come on a novelty at made me forget I wis tiret. In e nyeuk o e park, ere'd been an aafa traffaickin amon e hares. Eir tracks wis awye, comin oot o e wid, up e park, an throwe e palin aside's, an een an aa led till e same spot amon e snaa. Ye'd a thocht, if ye'd been superstitious, at ey'd been at some aal-farrant cantrips. A halla hid been made in e snaa, a gweed half fit deep an aboot a fit across, an sure's death e hares'd been usin't for a communal lavvie. E snaa scrapit oot wis bankit up roon aboot it, an ere wis nae doot ey'd mint tae mak it. Ere wis a scatterin o black drappins at e boddem. If ey did at amon snaa, fit did ey dee at ither times on dry grun? I dinna ken, bit maybe e snaa hid made em excitet, for aa roon e hole ere wis yalla lines faar e strang hid been sprayed oot, e same's ey'd been dancin an furlin as ey loot e watter go. They say ere's naething as queer as fowk, bit hares tak a lot o beatin.

E Widdie

Fin ye speert aboot ma early days, I'd tae scrat ma heid a filie tae win at far back. Ma early days is lang seen noo. Bit naebody can fail tae be shapit a bittie be e wye ey were brocht up, an maybe e question is fither ye hing on tae fit ye get or fither ye wint tae rejeck it. I aften think at aathing ye iver learn can be o eese till ye, though ye mith be puzzled files tae ken foo. Hooiver, fit at philosophical thocht his tae dee wi fit I hiv tae tell ye, I dinna ken.

E first thing I iver think I can min on, I must a been lyin on e fleer an ere's nae doot it wis afore I cd walk. Fit I wis awaar o wis something a kinna like a photograph teen inside a kitchen wi an aal-farrant camera, wi lichts an shaddas an ootlines. In front o's wis fit I later kent tae be e widden boord at e front o e bun-in bed in e kitchen. In ablow wis darkness, haad awa fae a strippy o licht, likely fae e gale windae, at lit up a bittie o e fleer, an ower e fleer wis e grey streaks an whorls o e caddis at comes fae makin e bed an at ye hiv tae get e brush an dust-pan till noo an aan. E room I wis in wis kitchen, livin-room an bedroom tee, an es is faar I must a spent a gweed lot o time. Bit caddis is ma only memory o't, an e front byeurd o a bun-in bed.

E neesht thing I min wis in es same aal hoosie in Drumblade, bit it his tae dee wi fit wis caad e best room. Weel, ere wis jist e twa. Bit fit wis in't must a been a winner tae me. It wis jist a big side o a pig, hung fae a hyeuk in e riggin, an nae doot it disappeared at last in e wye at sides o pig dis.

Sae I dinna ken fit ye'd mak o aa es – dust anaith a bed, a ham slung fae e ceilin. At wis ma first memories; o ma mither an ma faither I min naething at at time

E hoosie lay aff e main road, at e side o a fairm track wi a deep ditch at ae side an a bank wi a gran growth o breem an funs wi eir bonny yalla floorish, an in due time ye cd hear e black seed-pods o e breem cryin crack fin ye got a gweed spell o sin. A girsy roadie led aff es, throwe a gairden at hid a palin o widden slats roon aboot it. E hoose an gairden an a fyow scrubby treeickies for shelter wis stuck on e side o a park like a postage stamp jist a bittie doon fae e edge o an envelope. Es wis faar I first startit tae be awaar o e world, in a sea o parks faar horses pulled e ploo an e harra, faar corn an girse, tatties an neeps, grew an turned intae ripe craps, faar men an files weemen scythet an stooket an pooed neeps, an nowt an horse fattened on a green girse.

Eence in Edinburgh we got a kittlin in a present. Fin it cam, wir freen brocht a fine bit o beef tae feed it an maybe mak it feel mair at hame, an iv coorse it ay lookit for e same treatment foriver aifter. Neen o yer feedin on kitchen orrals, like a lot o e fairm cats I kent. Ah weel, though it wis a tom, it wis timid. I min fine on its comin. It wis liftit oot o e basket an set on e fleer. It steed as still's a carved cat for a file, lookin aa wyes, syne ae paa geed oot, syne a step, an sae it meeved a paa at a time, aye raxin farrer oot an niver stoppin, e same's e rings in e dam fin ye throw a steen intill't. As time geed on, it learnet ilky nyeuk o e room, syne e hale hoose, e saftest beds, e warmest spots at catched e sin, e best windaes tae glower at e birds ootside wi its teeth chitterin an e dream o feathers roon its chowks. Syne ere wis e door till e gairden, a fykie passage at first, oot gey cannie an in quick. Ilky day e world got bigger, till at e hinner eyn e young tom's range was farrer'n I cd see an it hid carved oot its territory. Bit Rupert wis aye a timid cat. It jist hatit e car, an kent fine if ye wis gaan tae be takin im. Ye'd load up, bit nae cat. Faar wis e? Withoot fail, plaistert against e waa at e back o e bed in e quines' room, an ye'd tak im oot an he'd bide streekit oot in yer airms like a corp, niver a myout comin oot o im. I min ae day, tee, ere wis an aafa squallachin in e gairden an I lowpit till e windae tae see fit it wis. I doot Rupert hid shoved eez nose ower near till a baby blaikie, for mither wis chasin e cat doon e flooer beds an him at full streek tae win awa. A big, bonny craiter. E ay held for e youngest dother's bed at nicht an got cuddled doon ere. I think e thocht she wis eez mither.

Tae come back tae ma pint, I suppose I wis some like e cat. E twa rooms o e hoosie, e yard an e trees, e berry busses an e birds at rypit em, e beds o kail an cabbage, parsley, leeks, tree ingins an rhubarb, e fite sweet smell o e flooerin boortree, e fairm track an e ditch wi its fool water an e breem an e funs on e bank, faar e wee birds biggit eir nests – aa at wis e limits o e world for me afore I got e linth o gaan till e skweel. Bit I kent ilky nyeuk o't, an it wis ma ain kingdom.

A filie afore I wis five, e discipline o education struck. I'd kent nae rules afore, haad awa fae e odd skelp fae ma faither, bit noo cam e skweel an I fun oot ere wis an aafa lot mair fowk aboot e place'n masel. Aa e same, I made a graan start. A freen o ma faither hid a tricycle, full man's size. In fact, I'm nae sure if ere wis sic a thing as bairns' trykies at at time. Es lad cam for's in e mornin tae gie's a hurl e mile doon e road, by e fairm o Weetwards faar ma faither hid eez green painted, widden souter's shop in a corner o a park, syne on be a War Memorial an e aal kirkie till we won till e playgreen gate. I winna say bit fit I wis a bittie excitit, wi ma new skweelbag on ma back (fit wye is't at new skweelbags are ay ower big?), clean sark, short breekies, an wee tacketie beets abeen knitted woolly socks. Ere I steed on a back aixle o e tricycle, hingin on like grim death till e back o e saiddle as e win hummed by ma lugs, teeth gleamin in a mixter o pleesher an a bit o wirry as e hard road skippit by in anaith. Nae at first day, bit later, I learnet tae let a beet doon an watch e great fat sparks flee fae e tackets in e sole, till retribution cam fae ma faithee's han an I fun oot at some wyes o behavin didna jist lie inside e acceptet order o things in e big fowks' world.

Ere wis nae skweel meals at at time, though e world wis takin big strides forrit. Ere wis aafa fyow wirelesses aboot either, bit e heidmaister hid een. It was a tremendous day fin e hale skweel gaitheret in eez gairden tae hear e broadcast o e laanch o e Queen Mary. Bit it wis e occasion raither'n e laanch at made its mark, for fitna een o's kent onything aboot a big boat an fit it mint tae world communications or e prestige o Britain at at time? Ere's nae doot things tae dee wi masel hid far mair wecht, like e piece ma mither hid put intae ma bag for ma denner. It wis in a paper pyockie, twa thick shaves o breid an butter wi a gweed coatin o fite sugar. Maybe ma mither, at niver did things withoot some intention, hid thocht tae gie's a fine piece tae keep ma fae thinkin lang. I'd heen pieces like es afore an ey hid a taste like half-made candy, maybe even better'n e cakes o coo-candy ma faither sellt in eez shop. E grainies crunchet atween teeth at nae dentist hid iver lookit at. The piece wis a secret thocht in ma heid faar it lay in ma bag.

Es wis foo I first lost faith in ma fella men. Fin denner time cam, an we got oot, I pit ma han intill ma bag for ma piece an it jist wisna ere. It hid been nabbit. Hungry an hairt-broken, I wannert e playgreen, nae kennin fit tae dee. E grun lay on a slope, an aa roon't wis a steen dyke wi square openins for drainage at e boddem eyn. I fun ma piece in een o es holies, fool, weet, an nae aitable. Nae doot it wis deen for fun, wi little thocht, a smaa maitter at brook e eggshall o ma trustin world.

Ere wis twa classrooms side be side, wi mixed classes in ilky een. E fleers wis o widden byeurds wi gweed sized cracks in atween, graan for keppin e chaaky dust at flees aboot sic places, nae tae spik o e dried dubs aff fool feet an e antrin mummifeet flee or bottler. In es class we werena makin eese o ink, though e double desks hid inkwell holes aside e ledge in front o e lids. Ey hid faalin seats tee. We wrote on wid-framed slates, usin skylies, an fither ye did it be accident or intention, ey cd set up a scraich at garrt ye shudder an draa yer lips back fae yer teeth. Later on, fin skweel pens come tae be allooet, e sharp nibs wid dig intill e side o yer finger as ye vrocht awa wi em like a sculptor wi a chisel; e ootcome's an iverlaistin lump on the left side o e middle finger o ma richt haan. Bit I some doot it widna coont as a mark o identity, for thoosans o scholars mn hae fingers e same.

In e wye o e times, e teacher kept control be a lot o ploys, e warst o em – for loons oor age – bein e sheer torture o haein tae sit loon aside quine at ilky desk. At wis bad enyeuch. Bit ae day ma neeper got mair an mair fidgetty, couldna keep still, I felt er teetin at's bit I didna look back. In e eyn she snappit er fingers tae speer fit e teacher ay tried nae tae hae's speerin -

'Please sir, I wint tae leave the room'.

'Certainly not. Sit still'.

E teacher geed on wi e wark at eez desk. I took a sidewyes teet at e quine. She'd shut er e'en. Syne, alang e V-shapit jinins o e planks on e seat cam a licht yalla burnie, creepin slow at e start an syne comin faister. I hid tae get aff e eyn, an reed in e face I muttert -

'Please sir'

'What's the matter with you, boy?'

'Please sir, something's wrang'.

Three little waterfaas wis be es time takin aff e seat alang e groovies, spillin ontill e fleer, gaitherin an flowin doon e passage, leavin a dark streak in e general fiteness o chack an styoo. E maister's shout o 'Silence!' didna quairten e lachin an disturbance, nor e fusperin -

'Hey boys, she's pished er breeks'.

Weel, e maitter wis hannlet, I dinna min foo, bit I've aye winnert fit kinna thochts geed throwe e teacher mannie's min, for he wis e een at e reet o't.

Fit else can I tell ye? Are ye nae scunnert yet? No? Aa richt, I'll cairry on.

In e young classes, e loons wore lang stockins up till e knee, wi faalt doon taps an elastic gartens tae haad em up. At least, at's fit ey were supposed tae dee, bit e elastic stretchet faist, mair sae fin ye got intill e wye o usin em as catapults, haadin em atween e thoom an first finger o e left han an draain em back wi e fingers o e idder, an pirkin dabbies o weet blottin paper at yer neepers. Ink did fine tae sype e ammunition. Bit aimin wis niver jist exact, an files e garten wid flee aff yer fingers an sure's death, at's fit happent tae mine. It skidded in anaith e blackboord, faar it sat on an easel in e middle o e fleer, a bittie ower fae e teacher's desk. Nae wintin tae tyne't, an haein a kinna one track min, I thocht if I creepit doon e passage like a snake an raxed oot, I micht manage tae get it back an nae be noticet.

'Boy, what are you doing?'

E vice stooned throwe's. Black terror keepit ma fae spikkin. E grabbit a lug an haaled.

'Stand . . . up!'

I steed. E slappit ma face wi eez fngers, flickin em back an fore. Ma chowks got reed an ma een got weet.

'You . . . get . . . on . . . my . . . nerves. Come . . . with . . . me'.

I geed, fither I wintit or no. Ower e room wis a press, full o aal blackboords, boxes o chack, dusters, a step-ledder, styoo, spinners. Spikkin nae wird mair, e shoved me in an keyed e door. It wis deedly quairt, an little tae see in e dim licht at cam throwe e glaiss panel o e door, bit at least it wisna jist pick dark. Eence e storm hid sattlet in ma heid, I began tae hake aboot a bittie. E press wis a gey hicht, aafa dark at e tap an a bittie frichenin. I couldna see e tap o e ledder.

Wid e teacher come back? Maybe better if e didna, my chowks were aye stingin. Time geed by. I pickit up a bit o courage an geed up e steps, bit fun nae holie tae win oot. An e door wis steekit ticht. Aifter a file, I jist sat still, trummlin bit tholin, wytin. Aathing wis aafa quairt, though. I tried tae teet throwe e frosted glaiss, an God what a fleg – ere wis naebody ere, e room wis teem. Teacher an class hid geen aff an I wis forgotten.

Are ye sorry for's noo? Can ye feel e dark terror at I wis feelin, hear e roar o e terrible quairtness? I pressed ma face tee till e glaiss, nose an cheek a flat fite blob . . . an en . . . ere cam a soon., an I cd jist mak oot at a class o aaler quines hid come intill e room wi eir shooin teacher, hazy kins o ootlines at jumpit an flickeret as ey meeved in e bumps o e frostin. A sharp ee spottit my meevement -

'Miss, miss, there's something in the press'.

I won oot. I tellt naebody at hame.

E wye back fae e skweel took's by a fir wid, a fower-sidit block o trees, an I ay geed throwe't, haad awa fae fin aathing wis sypit wi rain. Eence inside it, it swallat ye up intill a quairt world, a bittie scary. Yer beets didna clink on e thick layer o needles, some aal an broon, some dark-green an new doon, e same as past an present wis mixin an ye wis seein baith anaith yer feet. It wis at deep ye cd dig in e tae o yer beet an mak a fine holie tae be lookit at, though it wis a kinna sterile layer as far as wee beasties wis concerned. Wi ilky breath ye got e heidy smell o rosit, for gey near ilky trunk hid its ration o sticky lumps an bubbles an dribbles o e stuff. I wid powk at em wi sticks bit I aye tried nae tae let ma fingers tee till em, for naething on earth wid get e rosit aff an if ye rubbit yer finger on something else it jist got fooler an fooler. Bit whot a fine stink it hid.

It wis a weetichtie kinna widdie, sae a wee bit inside it, on e same line's e road, ey'd howkit an open ditch tae kep an drain e water, aboot three feet wide bit nae fully sae deep. It wis jist far enyeuch in for e ootside world tae be oot o sicht. Ye cd see nae parks nor hooses, e picter o e sky wis less, an withoot gaan farrer, e quairtness o e widdie hummed in yer heid, till, wi nae warnin sae ye geed a lowp, a grey doo on its nest o wee branchies wid brak oot wi its rookitycoo, -coo, rookitycoo. E soon wid echo throwe e wid an throwe yer heid, at lood ye wintit tae pat it doon wi yer han, like paicifeein a bairn. Ye hid tae tune in again, fin e soon stoppit.

Anaith e nest on e grun, half a shall. In e nest, nae ill tae win up till, fower gorblins, warm, wi flat yalla beaks, een wi fite skinnies ower em, e appearance o black spikes at wid be fedders, blueichtie veins far ye cd see e bleed pulsin, nyaakit bellies stappit wi mait fae eir midder, ilky een at e powkin o ma finger raxin eir bare necks, heids up, beaks gapin like shofels, jist blin instinct, thinkin mait wis on its wye. Oh Lord, we stretch out our necks and mouths to Thee, grant us corn and seeds that we may swell our stomachs further in Thy service, amen! Ey wid try tae swalla ma very finger-tips, a funny, kittly feelin. I winner if it hurt em fin e black spikes o e fedders cam throwe e skin?

I wisna aye ma leen in e widdie. I played an ran wi ither loons tee. Eence, I canna min foo aal I wis at e time, maybe sax or seyven, I geed intill e trees wi anither lad, an a quine cam tee, wintin tae play. Shortly we won as far as e ditch, an we stoppit at e side, lookin at e trailin bits o fern, a water at wis meevin slow an black an reflectin like a mirror. We saa wirsels upsides doon, makin faces an lachin. E loon thocht tae spit. E fite blob floatit, slow, little ringies comin oot fae't. We watchet its progress. E quine gied a giggle, spak till's -

'Pee in ere'.

'Fit wye?'

'Because'

'I'm nae needin'.

'I am' -

said e ither lad, an at eence made a waterfaa, prood o imsel, leanin a bittie back for a better bow. E clear water brook e slow darkness o e ditch, fite foam spread oot roon e sides. It wis a fine picter, if I'd heen a camera. Framed amon e trees, wi glinties o e sky, loon an quine watchin e performance, e laddie leanin aye farrer back tae better e curve. E wallie dried up, e action cam till an eyn.

'Noo you'.

'I'm nae needin'.

'Disna mak- try onywye'.

'Nuh',

'Coordie'.

E loon made a flist at e spaiver buttons o ma breeks, missed, an I ran for e road. I heard e twa o em laachin. Bit naebody asket e quine tae dee't.

Ye've seen e widdie, hivn't ye? Bit at wis lang aifter. Fin I lookit at it again, it didna mairch wi fit I min't. It was ay ere, but e trees wis spruce an nae fir, an spinnly birks an orra scrub. E ditch wis ere, bit though it wis damp, it wis aa chokit up.

I checkit up wi ma uncle-

'The wid, ma dear sir, wis cut doon lang seen. A fermer bocht it, a firm cut e trees. Fit ye see noo grew be emsels'.

PART 2

Doon By

Glory Hole

Gweed kens faa pat it in – ah weel, no, Gweed kens an I ken, an it wisna me, bit gin I tellt ye, syne ere'd be ower mony maisters, as e taid said till e harra. Weel, ere wis nae dogs an nae cats aboot e hoose, an nae ither kins o beas tae ait it, an ye couldna mak porritch or brose wi't – nae unless ye wis ready tae pick caff oot o yer chowdlers for e rest o e day. I niver speert faar it cam fae, bit intill e glory hole it geed, a plastic baggie o bran at mith ay a come in handy for something.

It'd been ere a lang time. A glory hole's nae a place ye min tae keep snod. If ye're needin something oot o e road, in it goes, an gey lucky if ony reddin up's deen eence a ear. Files I've gotten scunnert masel an I've teen oot e irenin byeurd, siveral pairs o sheen, boxes at hid been teemt bit niver trampit on an tied up for e scaffie, newspapers – God! newspapers, Scotsmans, wik-eyn Observers, a fyow aal Sunday Times', a pucklie People's Journals an People's Freens at hid got wachlet doon fae e Northeast, Sunday Expresses at e dother brocht roon fin she cam for er Sunday denner an didna ay min tae tak awa again, colour supplements, wifies' papers at tellt ye aa aboot Charles an Diane an geed ye yer horoscope as weel's e latest cure for breist cancer, nae tae spik o heapies o cut-oot re-sipes an squaars o faalt-oot sweetie papers an choclit vrappins-, tinnies o pint an a baldie-heidit brush at nott a new wig, teem biscuit tins at some o e trock cd a been stappit intill, twa coal shovels in 'perfeck condeetion', as ey say in e adverts, twa ir three great big boxes o washin pooder, een o em half skailt ower e bit o aal linoleum at didna richt cover e fleer, fire irons an a cowpit imitation braiss stand o best weddin present quality, a plastic pyock full o plastic pyocks, an aye, e best bittie o aa, at wis e nyeuk I'd teen ower masel. I'd gotten haad o a timmer box, pat dowel rods intill't, up an doon an across, an made a fine rackie for e wine I bocht be e dizzen bottles fae ma freen Roddie, gettin a bittie aff for bulk buyin. I likit fite wines mair'n reed, bit nae aabody his e same tastes sae I tried tae cater for ither fowk tee.

Ah weel, eence aathing wis oot ere wis a kinna teem styooie smell – funny, doon by here fowk wid say 'stoory', ir raither 'stooray' – bit I niver likit tae spile e wye I wis brocht up tae spik. I ken e wird 'stoory' fine, bit ye winna get ma sayin't. An I winna say 'it'll no dae' fin I've aye said 'it winna dee'. E queer bittie o't is, it's ither wyes o spikkin in ma ain country I'd raither nae folla, though I scutter on fine wi ither fowk's languages. It's jist at I wint tae stick tae ma ain dialect, an I'd like ither fowk tae dee e same. Onywye, even aifter gettin in e lang spoot o e Hoover, ye'd aye get at styooie kinna atmosphere, sae naething for't bit tae pit aathing back in again, ir maistly aathing.

Though I used e glory-hole for ma wine cellar it wisna aa at caal. Een o yon nicht-storage heaters wis in e passage aside e glory-hole door, though iv coorse ye daardna turn't on in e simmer. It wis bad enyeuch in e winter files makkin sure e heat wis on. Niver min at, though, it's nae winter I'm spikkin aboot.

Eence e warmer days cam – es wis last ear – an ye cd keep e back door open, I noticet a lot o little beasties comin in. Fin e licht geed on at nicht, ey'd bizz aboot it. Haad awa fae e bottlers, though, naebody peyed attention till em. Noo an aan ye'd get a bite at raised an reedent e skin, bit ere wisna much o at. It's jist aboot e eyn o e simmer at ye daarna gang up till e heid o e gairden for fear o gettin bitten. If ye pick a flooer ir twa, or hae a hagger at e hedge, neesht mornin yer cweets'll be aa up, gey sair, an yer wrists, like enyeuch yer back an, warst o aa, in anaith yer oxters. Fit ondeemous beasts es is ye canna ken cis ye canna see em, though ere mn be a lot aboot. Onywye, ey're amon e girse an e flooers an e leafs o e beech-hedge, an ey bide ere as lang's ey're nae disturbit. I dinna even like tae cut e green at at time. Fin I div, nae tae be black-affrontit be e linth o e foggitch, ere's nae question bit fit it'll be intill e eyntment tin afore bedtime.

Ere cam a time fin I noticet at ere wis an aafa lot o mochs aboot e hoose. In e extension at e back, faar ey cam in fae ootside, ere wis e odd mochie, smaa eens wi licht broon wings. Ey took a fyow turns aboot e place, got a bit o a scaam on e electric licht bulbs, an syne ey jist disappeart. I wisna neen bothert aboot em.

Bit in e wall o e stair, ere wis fit lookit like anither breed aaegither. Ye'd notice em on e curtains o e stair windae, an on e waa, an on e grey-pintit widden uprichts o e bannister, an some got intill e dinin room, an e rooms up e stair. I happent tae mention es mochs, an oh, ey were jist normal for es time o ear. I didna jist agree, bit ye niver won be conterin; aa e same, a fyow days later e plastic baggie wis haalt oot o e glory hole. E plastic wis holet in a curn places, an ere wis nae doot it hid been a great hame for God kens foo mony maives amon e bran, as lang's bran wis. Bit fit wis teen oot wis naething bit sids, as I saa fin I cairriet it up till e heid o e gairden an haavert e pyock wi ma knife tae let e birds an ony ither hungry craiters get at fit wis left. Ye ken, it lay for days an naething touchet it. It wis e rain an e win in e eyn at did awa wi't, an maybe it wis o some eese for muck, though fit wi e big sycamore in ae nyeuk an e haathorn in e idder, ere wisna air an licht enyeuch for much in e wye o vegetables, an fither e kitchie-gairden bit got muckit or no made little odds.

Noo, es mochs fae e brodmel in e glory hole wis big. Ey hid lang kinna bodies, an a rich, dark colour at fairly garrt em staan oot on a licht waa. For a start ere wisna aa at mony, an though I knackit e odd een or twa on e wye up till e bathroom – ey ay cam oot fin it wis jist comin on tae gloamin – I thocht little aboot it for a file.

In e middle o es, I got a fortnicht tae look aifter e place be masel, a job I ay likit, though I hid tae min tae keep tee wi fool socks an sarks an hankies, bit at didna hinner lang. I ay managet tae mak mait tae masel aa richt tee, an I cd get vrocht awa at ma bitties o writin withoot e television dirlin in ma lug. I aften sat lang intill e evenin wi e back door open, lettin e air blaa aboot e place, an listenin till e chirps an fustles o e birds as ey sattlet doon for e nicht. Be es time e cats at stravaigit aboot hid geen inside, nae forgettin e rent-a-cat at aften cam tae sleep in e hoose, an syne held on eez roons. Gweed kens faar e cam fae, bit e wis weel fed, an a freenly breet, an it wis ay a bit o company if ye nott at. It's a fine time, e gloamin.

Ay fin I geed up e stairs ere wis mair mochs. I began tae keep e kitchen door shut tae haad em oot o e sittin room. Fin I pat on e passage licht, I'd look aroon an spot e broon shapies. At first it wisna sae hard tae connach em wi e pint o ma finger, an fin I'd cleart e stair as far's I cd judge, I'd hae a scan roon e spare room an ma ain bedroom. Half-a-dizzen wis a laich coont, an even though e baggie at bred an maitit em wis geen, ey seemed tae hae an aafa pooer o appearin. Fit wis mair, ye'd a thocht ey kent ere wis something gettin at em, for aifter a fyow nichts ey didna bide still in e wye o moths, bit gin ye made a meeve ey'd be up an awa. A lot o em got ontill e heich bit o e ceilin, oot o ma reach. I took an aal paper, faalt it intill a cudgel, an let lick at em wi at. Still ere wis mair farrer up, an I'd tae start haivin e paper abeen ma heid fae a step on e stair tee till e riggin, an files I got een an files I didna. I'd feenish up pechin, an aifter half a dizzen close misses ye'd fairly get yer danner up an start at em withoot takin richt time tae aim, an at's nae ma usual wye o wirkin. Anither queer thing: ony ye knockit aff eir perch wi e win o e paper wid wheel, wheel aboot yer heid, till ye begood tae be confoonnit, an ye'd start haddin yer breath for fear o sookin een in. It didna maitter foo hard ye triet tae keep yer ee on em tae see faar ey'd licht, ey meevt at quick an quairt ye'd seen loase em.

Es geed on for a lot o nichts. Fin ye wis oot o e hoose be day, ye'd think o em in e stair wall, an tryin tae sattle e question, I bocht some packets o Mothaks an sprayt em aboot e hoose, hingin em up amon clyes, drappin em in ahin byeuks, layin em on shelfs an peltin a hanfae intae the glory hole itsel till ye'd a thocht aa livin beasts wid a smoret. Did it mak a difference? Did it hell. E mochs dreeve on as afore, an I doot ey startit tae spread mair aboot e hoose, for I got a fyow in e dinin-room.

Aifter a file, I wis thinkin aboot em near aa e time. I geed roon ilky room mair'n twice a nicht, feelin ay mair like e Kommandant o e prison camp at Belsen as I poppit een, syne anither against e waa. I wid dream aboot em. E first thing I did in e mornin wis tae see if I cd spy ony o e buggers, afore I scrapit ma phisog an gied masel a gweed dicht doon wi saip an watter as I ay dee. I'd shak ma clyes tae see if ony mochs fell oot o em. I'd heist e valance o e bed – weel, it wisna a valance exactly, jist a cover at hung doon a roon – tae see ere wis neen ere. At ma wark in e office, or at meetins, nae maitter foo I wis catchet up in maitters o ootstannin importance (ey ay were for e meenitie), ony dark spot aboot e place wid draa ma een an e thocht o moths wid flit throwe ma heid like e eident stabbin o a coorse conscience. An hame I'd gang an intae the slachter again.

I wid a shut ma bedroom door, bit a waa-tae-waa carpet 'd been laid, an ye'd a deen damage tryin tae reemish e door tee, an mair haalin't open again, sae I jist left it open a crackie. It's fine tae streek yersel oot on yer bed if ye've been scoorin on aa day, an es nicht I wis glaid tae lie doon an steek ma een, though nae withoot a hinmist look aroon for ony o at naisty broon craiters. Nae sign o onything. Aa richt, let e inhibitions o e day slip, forget aboot es 'ferocious work ethic' at North-east buddies is blamet for haein, even if ey wirk in e sooth, stop thinkin, dream a bittie aboot yer freens, an aff ye go tae sleep.

Aye, I did. Bit I wisna aaegidder easy. Ere wis a droll kinna feelin in e air, an though I'd seen nae mochs ey werena at far oot o ma thochts. Ye ken at queer eemer a buddie gets intill files, fin e kinna slips oot o e clay mool, an floats aboot lookin doon at imsel, hooseless in a wye, bit tied tae the bleed an muscle an been tee? Weel, at wis e wye o't at nicht. I cd see e room fine, an e bed an me on't. An throwe e crack in e door cam a fyow broon bodies, ey begood tae swarm like bees, ay mair comin in, an niver a soon fae ony o em, keepin in a ticht, roon baa, maybe nae at ticht for ye cd see throwe't, bit still it wis a gey solid like collection.

I'm een o es fowk at likes tae start sleepin flat on eir stamach, ae airm stracht doon, e ither at an angle, an ma niv half steekit aside ma chin. Though I start at wye, I've ay noticet at be mornin, I'm ower clean e conter road, flat on ma back, wi ma hans up tae ma kist like a corp waitin for e trump tae soon. As lang's I wis on ma front, e moths jist hovert, e hale birn swyin back an fore a bit, bit ere wisna a lot o meevement, at least neen ye cd jist see, though eir wings man a been wafflin up an doon jist enyeuch tae haad em floatin. I meeved fae e richt till e left side, swappin airms, bit e pilla wis a bittie heich ir aan e cover wis lirkit, I dinna ken fit, it wisna richt comfortable, sae I furlet roon wi ma face oot abeen e blankets, took a deep breath ir twa, syne sattlet doon again.

Noo e swarm cam tae life. It driftet ower jist abeen ma face. For aa at ye'd ken, it startit tae split up, till ye cd see twa smaa pucklies an a big een. Ey cam hoverin ower's an as I breathed oot ey raise a bittie, an as I breathed in ey cam ay a bittie closer, like a balloon balancet on e tap o an updracht. Es geed on for a wee filie. Syne, in es aafa quairtness, ma moo opent a bit as a sleepin man's moo dis. Wi at, e mochs meevet. E twa smaa pucklies geed for ma nose, an e bigger een for ma moo, a kinna cheenge o a glory hole.

Some stray eens geed on fleein, back an fore. I shut ma moo, bit e mochs wis in. I drew in air throwe ma nose, bit hit wis blockit, an draain in blockit it mair. I tried tae hoast, bit ma throat wis steekit, an fecht as I likit, nae breath cd I get. In a meenit ir twa ma nivs lowsent. Ma e'en hid niver opent an ey niver wid. E fyow moths left hovert a meenitie mair, syne vanisht fae sicht. Fae e bed, ere wis nae meevement. Fae e left-haan wick o ma moo cam a thin trail o broon stuff, like e slivers at ran doon e chin o aal Hatton at hame, fin e cam tae help ma fadder tae brak muck, ay chaa-chaain at eez tebacca, an ere wis a sprinklin o darker specks tee.

Fin I wakent e neesht mornin, ere wis a weet spot aside ma heid on e pilla. Bit ere wis nae sign o mochs aifter at, it wis jist a clean toon.

A lot o months later, I wis kirnin amon carboord boxes an books in een o e rooms, knockin aff styoo, an giein some files o paperies a dunt on e fleer. Fit fell oot o een bit a moch grub, fite wi a black neb, an e biggest I've iver seen. Ere's an aafa books an papers aboot e hoose. An aa es waa-tae-waa carpets, ye canna see fit's in anaith. An e glory-hole's as fu as iver it wis, an e smell o Mothaks his worn aff. I'm nae lookin forrit tae simmer.

E Cheer

It wis a hell o a cheer. Fin e new suite wis bocht, it wis tae be putten oot. Bit naa, naa, ay es savin tippies, niver throw onything oot, it micht ay come in handy. Weel, it wis handy enyeuch. E cat likit it. An seein it wis in e extension, I got intill e wye o ay usin't masel. Fin I got shachlet doon in e mornin, doon e stairs at I'll niver tak twa at a time again, ben e passage an throwe e kitchen, bye e table an ower tae ma nyeuk, I wis richt glaid tae back ma airse intill e cheer. It took's a twa-three meenits tae get ma breath. E eyns o e airms wis raggety an maist o e front hid teen on a gweed shine. Ere wis twa cushions on e seat wi an aal cover ower em. Noo an aan ye'd start tae skite forrit, an syne ye'd hae tae get e seat sortit, bit een o e cushions wis leakin fedders an ony shiftin aboot garrt em flee. Syne es bleddy hooverin wid start. Gweed kens I didna like e din-raisin thing powkin aroon ma feet. I'll sweer it jist sooks in e styoo at ae eyn an lets it flee at e ither.

Ere wis glaiss windaes aa roon's. Ye cd watch e rain spittin on em, an hear't dirlin files on e flat reef. A hell o a din it cd mak tee. Gin e win wis ony strong it'd min's on bein on a boat, like e time I geed tae Lewis fin e win rove in a windae in e lounge. I'd heen a ham an egg an sassige brakfist bit naa, I wisna sick. I kinna likit stannin up till e elements, bit ere's an aafa pooer in yon watter, it flegs ye. I wisna ill-pleast tae get intae Stornowa.

Iv coorse, it disna rain aa e time. Files ere's a blinkie o sin, an wi aa es glaiss, it's jist like a greenhoose in here. I've seen's haein tae cast ma gunsey. Fin ere's naething else ye can dee, ye notice fit's aboot ye mair. An wi e trees, ye ken, ye can ay think ye're back in e country.

'Country born, country bred,
Big in hoof, fat in head',

– at's fit a mannie fae Devon eence wrote in an aatagraph album I hid as a wee loon, an maybe ere's something in't.

Onywye ye niver forget if ye wis brocht up amon parks an trees an ye niver jist tak e same tae concrete an tarmacadam, nor tae raas o hooses at block oot a richt braid glint o e sky. I min I wis richt disappintit fin ma neeber – a toon lad fae Glesca – haggert e tap aff e bonny big stracht tree in eez gairden. E trunk gangs up stracht as an arra, bit a gweed third o e pint's awa. E boddem branches spread hyne oot an syne ey're jist dockit-lookin at e tap like a cleanin wifie's mop if ye haad it upsides doon. Fit wid gar a man tak it intill eez heid tae spile a tree at wye? I see't as it is an I see't as it wis, an it wis jist a topper.

Ere wis a spider on e reef o e extension ae time. It sat ere, niver meevet, for a gweed three days. Fin I cam doon ae mornin, it wis jist awa, leavin aa at ye'd ken o a moose wob ahin't. Queer at, eh?

Bit ma best divert wis a cat. A fyow ear back, fin I wis aa at ye'd ken swacker, I opent e back door an ere on e girse wis a grey cat an God ye'd a thocht its een wis gold. It jist lookit at's, quairt's ye'd like, syne cam stracht till's, tholed a stroke ir twa, an intill e hoose. It hidna been weel lookit aifter. Ere wis marks roon its neck, I doot fae a hangin pairty, an scurs on its back. It didna wint tae ait an onywye naebody fed it. Bit a twa-three days aifter, fin it hid been oot an in, oot an in, an aye thinner lookin, it got a tooshtie o mait an syne we wis cleekit – it wis jist e hoose cat syne.

It niver hid a name, aye a richt name, ye ken. Nae doot it hid een afore it cam. Bit ilky mornin fin I opent e door – it ay bade oot aa nicht, it couldna thole being crivvd intill e hoose – some name cam intae ma heid, I niver thocht aboot a name, it jist cam. Beast, grey beast, hairy beast wis stracht forrit enyeuch, bit ye couldna say e same for some o e ither eens. If it hid been a weet nicht, it got scruff or stinkpot, soggy peat or soppy geet. Bit fit wye wid ye come oot wi a name like squat ballamby, or delaney or blenkinsop? If it wis makkin a din at e door it'd be myowler or howlin banshee. Noo an aan it got a dose o wirms – ye ay kent – an syne it wis snufflebum. Fin it wis aa frazie roon yer cweets it got names tae match – pusskin, Peter Pushkin, Thomas, baggins, bumblechowks, alaboobyakum, silly boo, boozy puts, gloopie, gloopie soopy, Sambo. Aye, ere wis mair tee – I min on spango, sprogworthy, sparkle bonko, spode neck – an I've heard fowk sayin, come on, dog! Fit wye wid ye caa a cat a dog? Bit I will say files it wis mair like a dog'n a cat. It hid a great big heed, a richt strong neck, an es golden glowin e'en. Fin it wintit ma cheer, it'd jist sit starin's oot. It wid a been aal fin it cam. It laistit fine a twa-three ear, syne it took tae nae aitin. Ye'd triet wi tasty bitties, bit naa, naa, ir if it took some it wid jist spew. E wirmin tablets wis nae eese. It wis jist aal age, e breet wis deen. I saa't ae day haadin ower e road, gey slow an canny, nae heedin e cars, an intill e plots. It niver cam back. It man a jist curlet up in a nyeuk, quairt 's ye like, nose tae dowp, an dee't. Aye, it wis a fine breet.

I doot I'll be haadin till e plots ir lang masel, tee. Maybe ey'll chuck e cheer, syne.

E Black Things

Ere wisna a lot till't at e start. I'd be sittin in e airmcheer readin a byeuk – I ay hid a twa-three gaan at e same time, at wye it wis mair lichtsome an ye niver scunnert – wi e standert lamp aside's tae brichten e print, an maybe e telly on tee. Weel, ye couldna be keepin yer e'en on e lines aa e time, an noo an aan ye cd tak a teet at e soap ir fitiver wis bein watcht. E cheenges o focus jist restit yer een a bittie.

Aboot a ear seen, I wis readin awa, near e fit o a page, fin I jist noticet aa ye wid ken o a meevement doon aboot e front leg o e cheer ower aside e byeuk-case I'd gotten fae ma best man as a weddin present. Noticet maybe wisna e richt wird, though. It wis mair jist like lettin's ken it wis ere. I lookit ful roon – ere wis naething. Jist e reed an fite strips o e side o e cheer, e broon cuppie anaith ilky castor, an e marlet kinna grey o e fittit carpet. Bit I hid seen't. Black, nae sharp edge till't, nae richt roon edder. I jist pit awa e thocht o't, an back tae ma byeuk.

A filie aifter, I minet on es, an it garrt me think o a spider I'd eence seen takkin ower e fleer. It wid a come fae e fireplace. Ere wis an electric heater in front o e aal grate, e fire wisna closed up, ye cd a easy used it. I did, files, fin I wis ma leen in e hoose on a caal winter's day. Bit es time e grate wis teem, haad awa fae e broken fire-bricks an a fyow orrals o coal. Eence fin I lookit in ahin e heater, I saa fit a fine congregation o grey moose wobs ere wis, some o em in swirlies e size o a bairn's niv, wi een ir twa dark kinna holies faar e lairds an maisters o es spidery universe geed oot an in. It wis some size o a beast. I min I stalkit it tae see't nearer han, an I corralled it in front o een o e music centre loodspikkers. Ere wis a black fower-sidit screen ower e tap tae keep e styoo oot, an fin e spinner wis backit up tee till't ye cd harly see't. I nippit a big spunk box oot o e draaer o ma desk faar I keepit it, half opent it, an snappit it shut ower e beastie, afore shakkin't oot at e back door. Wid ye credit it, it wis back e neesht nicht, it ir een o its freens, bit es time it geed ower e fleer like a drap o ile doon e side o a bottle, an clean oot o sicht. At wis e hinmist sicht I got o es big spiders, bit I ay min on em an e wye ey wheekit ower e fleer, a kinna black shadda at ye wisna sure wis ere. At wis fit minet's on es idder things.

Ahin at, I'd spy es black things noo an aan, nae ay jist in e same shape, though. E last I min on't, it wis like an ink blot, wi a curn spatteries aa roon't, an afore I cd turn ma heid, it zippit aff – comin my wye – an in e space o a fit it thinnet doon till a needle pint an fin I got ma een roon, jist naething ere. I teetit at e carpet for a filie, I wis sure e thing wis ere, bit naa.

Es wis jist last nicht. It begins tae badder ye some fin ye start seein fit's nae ere. I wis at sure o't I couldna think it mith a been inside ma ain heid. An it wisna jist in e hoose I wis noticin't. I ay tak a taik up e hill on a Sunday mornin, up e steps abeen e pond an roon e trackie atween fun busses an ower till e Hermitage, throwe e wid an doon till e burn, syne roon be e golf coorse an back. It taks fully mair'n an oor. Bit in braid daylicht, jist faar a knablach o slaty steen hid nae lang faan aff a face o rock, begod there wis e black thing again.

A buddy disna like fit ey dinna unnerstan. It wis a saft kinna black, it made ye think it wid be warm if ye could a toucht it. I wis niver feert in e dark. It wis ay a freen tae me, an eence ye're eest till't its winnerfae fit ye see. Fin I geed till e fairm, aifter a spell in e toon, e first thing I eest tae dee wis tae gang oot in e dark, an e darker it wis, e better I likit it. Ye felt kinna free, e same's aa e things ye hiv tae dee ilky day, an e fowk ye hiv tae spik till, wis hyne awa an ye hid nae bouns. It garrt ye rin doon e road, jist e pleesher o't, maybe aa e wye till e quarry, afore comin back again an maybe nae bein aa that willin tae ging back inside.

Ere's anidder thing aboot black blackness. As a loon, likely at e skweel though I widna richt say't noo, I'd a dream at cam back ivry sae aften, aafa clear yet in ma heid sae it man a heen a richt strong effeck at e time. Ere wisna a lot till't. It wis jist at I'd be watchin masel faain, furlin ower an ower bit aafa canny, doon e pick-black face o a cliff at niver cam till an eyn. Ye cd see yersel, ye cd see e cliff wi e queer lirks an ledges, aa black black black e same's es black things at's been badderin's es ear past ir mair. I've nae idea fit Freud ir Jung wid mak o't. Ye cd think I wis minin on bein born, bit if I wis, I surely niver won oot, for I niver got till e fit. I'll niver ken. Bit I doot at's naething tae dee wi e black things I'm seein noo. Ey've gien's a time for e Ee Clinic e morn.

E Steppies

Files I sit in ma aal cheer – it wis mint tae be haived oot lang seen – an if I'm nae quarryin in a paper or readin a byeuk, I aye taks a teet oot at e windae. It rests yer een, ye ken. It's a gey cheer tae sit on, bit it's handy for e licht. E airms o't 's ower heich, aa at ye'd ken, sae if ye dover on't, yer elbicks on e airms, ye'll seen waaken wi cramp. Ye c'd aye try anither cushion for mair hicht, bit ach tae hell, at's wirk. E cheer wis in matchin colours o oo, e ootside greyachie, e inside blue-achie. Faar ye rest yer back, ere's dizzens o tufties haalt oot. Is wis far e cat it eest tae be aboot e hoose files sharpent its clooks, till it got a lick for deeint, bit it ay come back. A determined breet! E ooie bits his lang seen been worn aff e fronts o e airms, jist faar ye rest yer hans, an God sake fin ye sit doon for a start at bits feels caal an ye dinna jist like it, bit syne in e coorse o naiter ey warm up an a buddie jist his tae thole or en.

Es business o cushions, weel, ere is twa, bit fooiver it's nae jist richt tae sit in. Ere's a tartan cover, a faalt up traivellin rug, ower e tap o an aal cushion stappit wi hen's fedders, an begod it's aye slippin forrit in anaith e rug an e antrin fedder flufferin doon till e fleer, an e cover waachles forrit or it's near skytin aff an ye've aye e badder o liftin aathing, sortin em oot, pittin em back, powkin in e nyeuks o e rug, makkin aathing snod an it's a richt deeve, for ye ken it winna be lang till e deein o't again. Gin at wisna enyeuch, ere's anidder een ye need for e sma o yer back. It's reed, an stappit wi some kinna man-made foam squaries. Ey're ill for lumpin egither. Ye've ay tae be tit-tittin at at tee, for it's niver richt. Anither een anaith yer dock wid be mair 'n a buddy c'd thole.

Ere's nae argument aboot it, e cheer's nae a beauty, bit it stan's in e extension at wis biggit eence tae mak e room bigger, an it's easy e best nyeukie for seein fit gyangs on at e back o e hoose. It's ay best in e foreneen, fin e sin's nae roon till e sooth. Aifter denner time it's mair in yer een an it ay gets worse as it weers on till evenin, it gets kinna pooerfae an its nae sae fine tae sit ere. E later in e day, e mair it's in yer face, till e time comes fin it's warsled its wye roon ahin e trees an draps doon ahin e rollin world. At's a fine time. E cloodies hiv a lot o colour aboot em for a file; ae nicht ey were jist like a ginger cat's belly, ey minet me on a cat we hid caad Rupert, e wid lie on eez back like a kittlin even though e wis big, an e fur o im wis jist e same's es cloods. Syne ey'd cheenge tae reed and back again, afore blue took ower as e sin span aye farrer on, an shortly e blue wid get darker till it wis richt black. In e spring at's aften e time ye hear a blaikie fustlin, full belt. Ye'd think it wis jist drawin a line at e fit o aye anidder page, ilky day anidder page, an we'll come till e hinmist een or lang.

E back yard his a thing caad a laan, bit I'd sweer ere's as muckle moss as girse, an fin e widder's richt hait, ere's aye a broon linie slantin across't – likely ere's a drain or some kinna a ditch in anaith. It's nae aften hait lang eneuch for at, though. Ere's an aal-farrant yalla rose nae far fae e door, at aal-farrant at it ay his a fine smell. Gin ye wheek e sheets awa wi e secateers aifter e first flooerin, as like as no ye'll get a scatterin o blossom again. It jist ay pits aff e winter. Abeen it, up e side a bittie, ere's a hullock o raspberry canes. It wis e neeper at planted em first on his side, bit e rinners cam through an michty ye fair get a gweed crap, though e new fowk've deen awa wi em at eir side. It's maybe a peety e canes is kinna connachin e peeny roses.

Ere's nae muckle o a plot for greens, though there's a tooshtie o rhubarb, an a fyow tree ingins at I use files, though naebody else dis, and size fir flavourin e broth or maybe a pottie o mince, an a tattie or twa, bit tae tell ye e truth ere's nae a lot ye can dee for a great big sycamore at spews doon sticky stuff at times an sens its propellors fleein a ower e gairden, syne come e late spring ye've tae gang aboot haalin oot a e sma treeikies, or an ye'd hae a gairden foo o sycamores an naething else. Ere's a big haathorn at e tap tee. Lang seen I saa'd aff ae big branch, it wis like wirkin wi a hedgehog, prickles awye, an I niver did ony mair. Bit it stans ower an aal shed at's full o curiosities an naething o muckle eese. A squarie in e door lets cats oot an in, an e graansin's got e idea ere's a man in't, so he winna gang near't. I jist wis up at it e ither nicht an I saa at e fox hid been tryin tae dig a hole tae win in anaith, jist at e moo o e door, bit half a fit doon wis aa it managed. E grun's nae aaegidder free.

At e tap, ere's a steen dyke an a railin, an syne ye're intill e ither fowk's lan. At's faar is steppies is, at I wis tae be spikkin aboot, leadin up till e back door o e hoose. It's maybe nae richt tae gaap at ither fowk, bit I will admit it's a fair divert fin ye've naething else tae dee onywye. Ye canna help bit notice fin ere's ony meevement. Ere wis a file e fowkies hid an aafa big dog wi a lot o foggitch aboot its dowp. It hid tae get muckit noo an aan, for ey'd oot on e steps wi't, an garr't stan ere as ey dichtit it wi a cloot an a pail o hait water. It wis a freenly beast, it widda lowpit up at ye tae spik, bit it wis at big it widda knockit ye doon an I widna likit at.

I think e faimily's grown up an awa noo, bit a file back e laddie'd heen some o eez freens in aboot. Een o em wis a sicht for sair een, for e'd een o yon apache haircuts, bare roon e eesins, wi a heich mane alang e tap, aa bonny blue an reed. I jist thocht aboot ma ain pow, as bare's e airms o is cheer I'm sittin on, an I winner't if I widna a swappit. Bit na, it wisna my style. I jist saa is lad e eence, bit I aye min on im, half wye doon e steppies ere. Is at immortality, tae be minet on stannin on steps wi an apache haircut?

Hairt Sorry

A body dis a lot o things ey dinna wint tae dee. I left e hoose ae mornin, it wis intill e second wik o June, aifter a nicht o shooery rain. E day wisna bad, jist a coolness fin I opent e door. E leafs on e geen tree hid a drap at ilky pint, ere wis silver ballies o water on e heids o e girse, an e grun wis fine an sappy. E kinna wither at gangs tae growth, though I will admit ere's times ye feel aafa crivvt in fin aathing roon ye's jist a carant o green foggitch. I dinna ken bit fit I like e openness o winter better, haad awa fae e caal.

Onywye, I haivt up e garage door an got ma car oot. Ere's at muckle trock at e sides at ye've tae steer gey cannie, an ye've tae see tee at ye dinna knack e side mirror on e frame o e door as ye come oot backlins. Eence I wis clear, I stoppit in e run-in an climmt oot tae steek e door. I jist happent tae look doon as ma fit landit on e graivel an there begod wis twa snails wi eir bonny strippit shallies, linkit egither in a state o holy matrimony. Ye cd see e silver roadies ey'd made ower e steens at e rain hid sypit. They werena hashed bit I wis, so I shut e door an back intill e car, watchin ma feet nae tae disturb em.

Back I cam at nicht, wheekin intill e run-in at a fair lick, as I ay dee. I'm eest till't, bit it's ill for giein onybody wi's a fleg, an e openin looks tichter wi e growth o wallflooer an antirrhiniums at ilky side an up e middle. I jist minet on e snails fin I geed tae tak ma paperies oot o e back seat an aye, e craiters wis ay ere, niver an upple or divall e hale o e day.

'Ye're deein weel, ma birkies',

said I tae masel, as I held in for ma supper.

Aa weel, it wis een o is nichts fin baby-sittin hid tae be deen at ma dother's. I saa tae ma ain tae, syne quarriet a file amon ma byeuks or e phone rang tae gie's ma mairchin orders. Aff I set till e far side o e toon, newsed a filie at e hoose, syne back again. Throwe e evenin, fin e traffic's lichter, it disna haad lang, though it jist braks up yer time fin ye're tryin tae get on wi things. Onywye, fit's deen's nae tae be deen; bit ma heid wis wirkin awa at fit I'd been deein, writin something at wis tae gang intill a byeuk, an afore I minet I pit ma fit on tap o e snailies. Een wis gey flattent an e ither hid a crackit shall. I pat ma finger till em, bit baith hid eir sookers ticht till e grun. Nae eese tryin tae meeve em. I niver spak, jist pat e car in, leave em be wis aa I cd dee.

In e mornin I set aff again as I ay dee. Ae snail wis faar I'd left em. E idder, crackit shall or no, hid gotten craalt a maitter o gey near three feet, leavin its bonny trackie, an syne dee't. Ir nicht e birds an e beetles hid clearet e lot. I wis jist hairt sorry.

E Wasps' Nest

For some rizzon ir anidder, we ay spak aboot 'bees' bykes' bit it wis 'wasps' nests', as if ey deserved fully mair respect. Ere's degrees o respect for aa craiters. If ye cam on a foggy bees' byke in a mossy bank, ye didna hesitate tae powk it wi a stick till ye'd frichtent aff e richtfae indwallers – ere wisna aften a lot o em – tae get oot e wee knottie o kaim an get a taste o e sweet honey, fit though it wis jist a wee tick. Ere wis a time, lang seen afore sugar wis richt kent o, fin fowk wid gang aboot gaitherin even e honey fae foggy bees. Bit in e hierarchy o respect, bees at fowk keepit in ruskies an hives wis a different maitter aathegither. Ey hid naething tae dee wi bykes ir nests. Fin ey swarmt, ey cd be richt veecious. Ye'd tae rowe yersel weel in yer veil an puff awa wi yer sulphur reek tae get em skeppit again. They got respect aa richt. Bit e maist respect gings tae wasps.

An aal freen o mine, an Edinburgh lady, hid tae move till a different hoose fin her een wis teen ower for e biggin o an extension till e Royal Edinburgh Infirmary. She hid a big gairden wi a widden shed in't, complete wi a cat-hole in e door. She speert if I'd like it, since she hid nae mair eese for't, sae I took it tae bits tae get it shiftit an cairtit it hame on e reef rack o an aal Rover I hid at e time, makkin siveral journeys. I set it up again at e tap o ma gairden, in anaith a haathorn tree. E reef hid tae be covert wi new tarred felt, an in anaith e plankin o e reef wis a kinna plywid linin, leavin a spacie o maybe twa inches.

E shed's gaan deen a bittie noo, bit it's heen its history. A cat files taks up residence in't, usin a cat-hole at's ay ere. It leaves a catty stink inside bit seein e shed's nae used a lot except as a store for orrals, it disna mak. Inoo ere's a new development. E local fox at trails across e back gairden in e gloamin hid been tryin tae quarry oot a hole in anaith e door, though e grun's gey hard. I'd fain let it go aheid bit I'd niver hear e eyn o't, an forby, e feedin o fox pups wid mak a bit o a sotter. Sae I laid a big brick in e middle o e scrape, an e fox his gien up e unequal battle.

Bit fit I wis gaan tae say wis at ae ear a gang o wasps took up eir heidquarters atween e plywid an e reef. Ye couldna hae gotten em oot withoot dismantlin e linin, an nae wye ye cd dee at withoot gettin stung. Sae e shed hid a simmer's holiday, naebody geed intill't, though I did tak e odd chance tae open e door an hear e bizzin, bit a buddy disna bide lang amon sic neebers. Simmer wore on an winter cam, an shortly wi a touch o frost ere wis silence. I took aff e linin syne, an lo an behold there wis e bonniest range o flattent kaim, shapit tae fit e space, at ye cd iver imagine. It wis a fyow days' winner. I pat back e linin, aifter shiftin e kaim, bit e waspies niver cam back. I offert e kaim till e Museum, bit oh ey'd enyeuch specimens tae keep em gaan.

Anither time, ere wis an eruption o wee reed spiders inside e shed door, up aboot e tap hinge, in e middle o a jungle o wobs. Ey cam oot o a big fite cocoon, an spread oot fae't like sunbeams. I'd ay a likit tae ken fit kinna craiters ey'd been, bit like mony anither thing in life, ye niver jist come upon e richt answer.

Ae simmer, nae e same een, I noticet ere wis an aafa wasps aboot again. Gin ye kept yer back door open on gweed days ey'd be intill e hoose, sure's fate, as aften as no in twas if nae threes. Ye cd ay tell be e different bum fither it wis a wasp ir a honey bee. Ye cd tell if ey were roused tee, though maybe it wis fowk gettin fleggit an flappin aboot at rouset em. Syne naething for't bit tae tak a faalt-up Scotsman till em, battin em oot o e air an watchin faar ey landit, or aan giein em eir quietus against e windae glaiss. Bit maistly I wis able tae manoeuvre em intill e open eyn o a big spunk box. Naebody smokit in e hoose, an e fire wisna aften lit, sae e spunks wis only half deen aifter a lot o ears, an at left space enyeuch for a jyle till I cd get till e door. E box is gettin e waar o e weer noo throwe bein used as a wasp an bee trap. Ye'd get e openin ower e craiterie on e windae, slide e lid shut, takin care nae tae squasht, syne opent e box again at e door tae let it flee. It ay gies ye a decent Christian feelin, even if naething else dis, tae be savin e life o a beastie.

Ae day fin I cam hame I wis tell't in nae uncertain terms at ere wis a wasps' nest in e hedge. Trimmin o e hedge hid been gaan on an aa at eence e high pitcht buzz o warnin an it wis lucky naebody'd got stung. Aifter I'd been maitit, I geed tae hae a look. It wisna a big nest, nae then. Ey'd jist startit tae mak it, biggin't roon a finger-sized branch tae gie't a gweed haad. It wis like an upside doon broony grey ingin, a smaa baaie, wi wasps wirkin awa at layin mair stuff on till e leafs ey were formin een on tap o e ither, fleein back an fore wi material jist like reglar workmen, though I doot ey widna ay be knockin aff for piece-times

I dinna ay dee fit I'm tellt, an I didna get redd o't, an I got a lot o pleasher oot o watchin't growin bigger ilky day. Ye cd see e wasps rovin oot fae't, maybe landin on e widden seat o e wee lad's swing an chowin awa at e safter bits o wid tae get cellulose, syne fleein back tae big it on till e hinmist grey section ey'd been wirkin at. Fin e young lad cam roon tae see's, I'd tak im oot till e gairden an haad im up tae see es fairlie. E wis gey teen wi't, bit e ithers wis aye squallachin at's tae be canny an at made im nervous. Weel, e nest grew an grew, an wir neebers cam tae ken o't tee, for e hedge wis a shared een.

Ere's naebody likes tae be stung, an I'm amon em. Eence fin I wis a loon, I wis playin some hidin game in a girse park, an a bee got me jist ahin e lug. It's nae a gweed place onywye, for ere's nae a lot o room tae alloo for swallin. Though it wis sair, I thocht little enyeuch aboot it an did naething aboot it. I geed tae ma bed fine at nicht, an begod neesht mornin fin I tried tae rise an get ma clyes on, afore gaan doon e stairs for ma brakfist, ere wis naething I cd dee. Ma muscles hid a kinna seized up. At lat's aff e skweel for e day, onywye, an it wore aff till I wis aa richt come nicht, bit I fairly got a fleg. Sae I'm aafa canny wi bees an wasps, though I winna say I'm feert at em. I jist fin em aafa interestin craiters wi eir skeely wyes o wirkin. Sae 'Lat-a-be an lat-a-be', as e Harray man said till e lobster, an if I'm peaceable wi em, maistly ey're peaceable wi me. Es wis e principle I wis tryin tae let e wee lad see, as we steed afore e nest, wasps takin past wir lugs, gaan an comin, files hoverin a bit tae check on's, bit nae deein ony hairm. Ye can tell, onywye, fae eir bizz, if ey're in an ill teen.

E days wore on an e nest swallt, as aye e idder ring wis eekit ontill 't. If ye tappit e branch, ere wis a richt chorus inside an ye'd tae be ready tae clear oot fin e fit-sodgers poppit eir noses oot o e doorie. Ye began tae winner foo lang ey'd stick at it, an foo big e nest wid get. I'd tak a wanner oot twa ir three times a day, fair teen up wi em, an as a psychologist wid say, gettin 'emotionally involved'.

Ah weel, we aa geed awa for a lang wik-eyn, I dinna min faar till or fit for, an got back on e Monday nicht. Aifter a lang drive ye're glaid enyeuch tae settle doon, an it wis neesht nicht ir I thocht tae hae a confab wi ma waspies. It wis funny ere wis nae soon as I steppit ower e gairden bed ontill a flat steen I'd putten doon as a viewin platform. I drew a branch back fae e front o't, gey canny. Still nae soon. I tappit e branch e nest wis hingin fae, wi nae better ootcome. Nae doot aboot it, ere wis naething ere. I could see nae reason, till I peepit roon e side o e nest an saa a hole in't near e boddem. I doot ere'd been some ethnic cleansin, wi e antrin puffie o gas. I niver heard a wird aboot it, an I niver speert – bit wisn't it jist an aafa peety?

Foxie

On dark nichts, I files tak a fancy tae hae a traivel up e Blackford Hill. I gang doon e road by e police box at some fowk caa e Tardus aside e gates intill e hill, syne skirt roon be e eyn o e pond, an up e steps at lead ontill e hill. Fae ere I gang fair up, e steepest bit ye can get, sae it's as weel tae hae on gweed sheen or yer hill beets, for at taks ye abeen e tree livvel at a great speed an syne e hale o Edinburgh lies afore ye, lichts ootlinin e streets an e silhouette o e Castle an e kirk spires – dis a place need tae be gey coorse tae need sae mony kirks? – an e dark mass o Arthur's Seat as yer een slip roon till e east. Noo an aan fae e sooth ye hear e roar o ingines as a shuttle heids for Turnhoose, aften skirtin ower e Forth tae tak up its line for landin, an ye can follow e blinkin lichties aa e wye roon. I like planes an I like fleein, sae it's come tae be thocht o as a naitral pairt o iveryday life, an e meevement o planes aboot e sky 's pairt o e pleasher o bein on e hill at nicht.

Half up e steep bit, ere's a trackie at rins wi e contour. At's ma first stoppin pint, jist tae look aroon an get ma breath back. Ye'll aften hear e squeeryins o rabbits an files ere's wee bunnies tootlin aboot e edges o e fun busses, haein a look at ye, bit ay ready tae rin, as ye pech yer wye up. On ae partickler nicht, it wis rale dark, ere'd been some fleein flizzems o fite shoories, bit ere wis patches o strong meen-licht tee brakkin throwe e cloods fae time tae time. I noticet a meevement on e edge o a ridge jist ower till e east o faar I wis stannin, faar e twistit spinnle shanks o fun an breem busses at hid been brunt wis clear against e nicht sky, an intill es line, bold as ye like, cam a fox trottin up e hill, wi a rabbit in its moo. Roka the Fox, thocht I tae masel, giein't a name, an iver aifter ilky fox I've come on's been Roka tae me. Nae doot es een geed hame wi its booty, maybe tae feed young eens.

Files it's nae chancy on e hill. Ere's squaads o young fowk gang aboot on't, an ye can hear o odd things happenin, bit fegs I've aye been aa richt. Fin it's snaavy or weet ere's usually less chance o seein onybody, onywye. Ere wis eence though, fin I'd geen up e steep face an won till e tap, ere wis a crood o young fowk in e kinna halla ye get jist afore e croon o e hill, an wi e snaa on e grun, ere wis plinty o ammunition. I kent be em ey were jist on a pint o haivin snaabaas at's, an ere wis a lot o em. Sae I stopped, nae haein planned onything bit wirkin be instinct -

'Hello', I said, 'Have you seen the fox down there?'

Ey geed tae look, an I walkit on. A handy thing, a fox.

Ere's aafa hullocks o es toonser foxes nooadays, I've tellt ye aboot e een at wis tryin tae howk a den in below wir gairden shed till I scupperet its enterprise be layin a brick in e road. It mith a been e same fox at aften maks tracks across e gairden in e evenins. I put oot mait for e birds or for e hedgehog (ere's files een aboot) ae nicht an as I turnet for e hoose I heard a kinna bark fae e hedge. A wisna weel at e door afore aal Roka wis at e mait. I geed in, got ma camera, geed oot again, an ye cd sweer e craiter wis willin tae pose for its picter tae be teen. It wisna neen feart. Sharp cockit lugs an a face like a puppy, though its lang tail wis a bittie scruffy.

Anither nicht I wis comin up e Avenue in e dark fin I saa ma freen Fred stannin on e pavement peerin at something. As I got closer, I saa ere wis e fox aside im, snufflin roon e bin bags an winnerin fit een wid hae e tastiest tooshties o mait. I stoppit tae swap a fyow wirds an e fox peyed nae attention, jist cairriet on, heedin neither hiz nor e traffic. Fin it thocht ere wis naething deein, it held on in e airt o e hill, walkin past's as calm as ye like.

Ye hiv tae learn nae tae pit aitable things intae bin bags withoot vrappin em up, ir sure's fate in e mornin ere'll hae been shairp teeth throwe e plastic an a sotter ower yer front path, showin aff tae yer neebers e kinna trock ye pit in yer bucket. A funny thing – though it's aa black bags nooadays, ye ay spik aboot pittin oot e bucket. Ey spik aboot fowk in e country bein slow tae change, bit it's jist e same in e toons, except at e foxes hiv condeetioned e fowk, wi aa es rowin up o orrals at ey dee.

It's winnerfae e sense e foxes his. Jist e ither wik, I wis oot for a walk wi a freen o mine, e wis brocht up neesht door bit noo e his a flat o eez ain. E's hame twa ir three times a wik, an

I convoy im back again, gettin aa e news an a bit o exerceese at e same time, an at's sair nott fin ye spen a lot o time be day sittin at a desk ficherin wi paper. On ma road back I got as far as e rin-in (I'd putten e car intill e garage earlier on), fin I noticet somethin on e laan in front o e dinin-room windae. It wis jist Roka, sittin on eez bum wi eez hin legs crossed, e perfect gentleman, peerin wi great interest at something in e flooer bed, maybe a beetle. Said I -

'Hallo Fox'.

Sure's death, it pirkit up its lugs an lookit at's, its heid aa ye wid ken on ae side. Syne it raise, stretched itsel, cockit its leg against a heich clump o flooers, an strolled till e gate. A car door slammed somewye an it jumpit a bittie at a noise. Cars wis teerin up an doon e Avenue an it lookit first up, syne doon, syne up again e same's it hid been a bairn trained in e skweel, an fin a gap cam in e traffic it trottit ower till e plots, throwe e railin an oot o sicht.

Bit ey dinna aa learn road sense. A filie back, I took a short cut throwe e plots an jist inside e gate ere wis lyin a young een, curlet up peacefu like richt enyeuch, bit deid. A car hid likely knackit it on e road. A bonny colour o fur it hid. Sic a shame at young things hiv tae dee.

PART 3

Farrer Awa

Liptovska Teplicka

We'd gaithered in Bratislava, an ere wis a gweed load in e bus fin we set aff, full o students fae e University ere, eir teachers an half a dizzen fowk like masel fae e west at hid been invitet. Een o e quines in e bus, in e seat jist in front o's, hid teen a sair heid wi e heat an e motion, aifter an oor or twa's traivel. I fished oot a Disprin, and passed it up till er. Janko noticet is an pat oot eez haan for e fite tablet. E held it up for aa e bus tae see -

'Ah! Anti-baby!'.

We cried wo aifter a lang day's drive, lichent wi sic fun an e odd waterin stop, ootside e hotel in Liptovska Teplicka, faar e students wis tae be bidin. A mannie wis howkin a hole in e road, sortin some watter works, an wir first view o e fowk in e village wis e croodie roon im, lookin, newsin or offerin advice, tae neen o fit e birkie peyed ony attention. E size o e crood didna cheenge aafa much, bit ere wis fowk comin an gaan aa e time, young bairns an eir grannies, mithers cairryin bairns on eir backs in sheets o fite linen, weemin passin throwe e throng wi enormous burdens o hey on eir backs, lookin fae ahin for a e world like beetles walkin upricht weerin ledder beets. We drappit e students at e fit o e hotel steps, an e lave o's, guests fae e west, were cairted e hale 30 kilometres till e fancy Interhotel Grand Praha in Lomnica Tetranska faar we wis supposed tae sleep an dine and drink wir wine an sip wir becherovka like e gentlemen we wis officially supposed tae be.

I min e bedroom wis aafa hait wi a thick downie on e bed, an we'd a lang wait tae get saired wi wir brakfist, bit aa things come tae them at waits an in due coorse we wis aboord e bus again, on e road tae jine e main troop in e village. It wis jist tremendous scenery we wis passin throwe, is laich Tatry slopes. Aa e same fit wis maist strickin wis a quantities o fowk oot wirkin in e parks. Ere wis craps o maize, feed for man an beast, raas o vines rankit een abeen e ither as ey ran up e hillsides, wee patches o tatties, an corn an barley. Bit e feck o e wark wis in e hey parks, scythin wi lang sneddit tools, sledgin e dried hey on poles, an biggin coles roon widden hairtin frames. Hey wis a main crap. Ilky speck wis saved, an if ye'd mentioned e wird 'hairst' tae een o e fairmers ere, he'd a thocht aboot hey first an foremost, bit nae aboot corn.

Weel, we got tae wir meetin places, an ere e students were gaithered, an e offeecials, an wirsels, an we hid tae thole awa throwe e wirdy speeches o welcome, e promises o iverlaistin freenship, an syne a lecture ir twa, made twice as lang as ey nott tae be due till e translations intae German. A gweed job naebody bothered aa at much wi translations eence we wis clear o offeecials, an we wis left tae wirsels tae get on wi a bit o decent investigatin, fit ey caad field research.

For masel an ma Danish freen Ras, ere wis an important development. Baith o's hid heen enyeuch o e Grand Praha, we wintit tae be in e thick o things wi e students. Sae we hid a wird wi Janko, e first quairt chance we cd get. E upshot wis at though we wis supposed tae bide in e high class hotel as distinguished guests, an wir room wis tae be peyed for as if we hid been bidin ere, still we managed tae fin a freenly fairmer an e twa o's got set up in e spare room. E fowk wis aafa kindly, an fin e fairmer saa at I likit tae tak photos, he wid bring in aboot freens fae roonaboot tae get their picters teen, some bonny lasses amon em. I did sen em copies aifter, bit it hid tae be deen throwe e university in Bratislava, sae I'm still hopin ey got em.

We wis ere tae wirk an wirk we did. E job wis tae look at ivery side o life in e village, at e fairmin an e crafts, e hooses an e mait fowk ate, an jist tae see tee foo fowk vrocht in e wye o neeperin. Aifter a kinna orientation day, we hid wir supper in e wee hotel, an seein ere wis aye plinty o licht twa ir three o's at hid an interest in ploos geed tae veesit a lad at wis supposed tae be an expert at makin em.

E took's intill eez kitchen. It wis gey plain, nae frills, jist e twa bits o decoration – twa cloths tackit ontill e widden waa an streekit oot in sic a wye at ey were lirkit till e middle fae e tapmist neuks. At e sides ere wis sprays o flooers an leaves, an ere wis blue letterin wi wirds o comfort in Slovakian at Patience Strong wid a been prood tae mither:

'Him at his nae freens at hame winna fin em in anither lan'.

'E sin likes tae shine intill e hoose faar ere's likin'.

We sat on hard cheers roon e table, an spak till e man o e hoose aboot eez wye o livin in es smaa village. Magdy wi er wide spaced teeth an braid smile, licht hair an blue een, wis wir interpreter. E lad bade im leen; eez mither hid passed on. It wis her at pinned e cloots till e waa, an noo ere wis naebody tae dee e things at weemin dee aboot a hoose, or mak mait for im. He didna look as if e took much time tae mak or tak mait. His cheek beens wis kinna heich an eez face wis gaant. Eez hair wis thinnin, showin pale patches o skin at niver saa e sin, an I doot e only took aff eez bonnet for e veesitors, for it wis aye held on eez knee as e spak, e same's it wis a biggit-in pairt o e man imsel.

Eez main job wis on e railways, sae he wis awa fae hame a lot. E jist hid tae wirk eez parks fin e cwid, at holidays an atween shifts. Es bein a kinna run-rig village, e twelve patches o grun at e vrocht wis scattered amon e patches held be eez neebers. At busy times an him on e iron road, e hid tae get a lot o help fae neebers tae get e seed saan an tae shear an mow e ripe craps, an seein es wis fit ye micht describe as an exchange economy, it wis up tae him syne tae help em fin he wis able till. Sae fit e did at free times wis jinerin, makin wheelies for e wagons at e oxen pulled, as weel as widden ploos. Wir pens bizzed alang e pages o wir notebyeuks an we thocht we wis deein fine.

Fit struck me wis at eez hail life wis wark. I've kent lads e same at hame, an ey got great reeze for bein 'gran wirkers', bit it wisna jist sic a maitter o force as it wis here. As a modren man, e helpit tae keep e railways goin; ey were freedom's road for mony countries, bit here e wis catchet in a system an ere wis nae gettin oot. E wis catchet in anither wye tee. Bein pairt o a community system at hid been ere for unkent centuries, an nae haein got clear o't in spite o e industrial age, e wis duty bun tae wirk wi neebers an reciprocate wi wark for em. Fither e likit or no, ere wis nae divallin, an nae road oot. E wis a richt maitter-o-fact chiel, spikkin o eez wye o life as gin it wis e road e'd been born tae tak, nae self peety. Bit e wis like an aal man. I speered foo aal e wis – 39. I jist noddit ma heid. At e time, e wis 10 months younger'n I wis masel.

Twilicht cam, an e darkness, an we left, stannin at e kitchen door till wir een got eesed till't. We geed ben e lang, nairra close, me minin on e dark o northeast fairms at I'd ay likit, throwe e widden gate at opent ontill e dark street, nae tarmacadamed bit jist made o hard yird. Be day, is wis a widden world. E hooses, e heich, wide gates at wis big enyeuch tae let in a loadit wagon, e reef overhangs at geed shelter tae piles o winter logs an till aa e tools o e fairm – wagon-beams, ox-yokes, ploos, scythes, heaps o widden reefin shingles – aa e trock ye nott for e daily darg, an a e sotter o bits an pieces at fowk kept (like fairmers an crafters awye), in case ey mith come in handy. Aathing pintit back till e wark o fellin trees on e mountain slopes abeen e village, trimmin an draggin e timmer wi horses, saain an adzin an shapin logs intae wallin timmers. E fowk lived amon wid, it wis eir servant an eir maister, it helpit tae shape eir lives. Ye cd niver get awa fae e smell o wid smoke an rosit, an God ere wis nae hairm in at. It wis richt pleasant, an I min on't yet.

E village wis quairt. E fowk beddit early an raise early. We passed a man peein against e gale o eez hoos, as e wis ay in e wye o deein afore e geed till eez bed. We won back tae wir fairm, an got wir wye in e dark back tae wir room, an got e licht goin. Ere wis an enormous bed wi an enormous, thick lookin downie, bit it turnet oot nae tae be ower hait, for ye cd shuffle e fedders aboot an mak it as thin as ye wintit abeen ye. E room wis a richt mixter o aal an new. Abeen e bed on e waa wis releegious picters, some ahin glaiss, some in relief, some in plastic. Ere wis a table wi a tray haadin symbolic hospitality jist, for ere wis siveral glaisses o imitation plastic liquid in different colours – a richt chate. Alangside wis a great, upricht stove, nae nott on is warm July nichts, and opposite, a big, new television set at wir hosts, Jan an Sofia, were jist richt prood o. On tap o't, hallowin e programmes maybe, wis a figure o a saint. Is wis e first ear o Husak's reforms – nae tae laist – an e signs an symbols o e modren world – fither gweed eens or no wis anither maitter – were startin tae mak an appearance.

E village lay in a halla in e mountains, wi a dark forests aawye aroon. It wis a richt fairm-toun, o e kin we eest tae ken at hame, jist a collection o fairms wi a kirk mair or less in e middle, an e barns at held e craps o corn an barley aa set at ae side. E grun lay on e lower slopes o e valley, neen o e patches wi palins, craalin in lang strips an hill terraces awa up till e fit o e trees, wi grazin stretches jist abeen e parks. Heicher up, oot o sicht amon e trees, wis e mountain pastures, faar e beas geed for e simmer grazin. Bit e milk kye were nearer till e hooses, or some o em, an ey got quarters in e byres durin e nicht. E weemen were oot milkin em richt early, an ey hid tae be gin ey werena tae be shamed be e horn o e herd laddies at were aboot shortly aifter five, blastin awa e same's it wis e last trump, an gaitherin e kye fae ilky fairm tae drive em aaegidder till e grazins for e day. E soon o e horns, e clankin o e bells roon e necks o e kye, an noo an aan quairt voices, wis e meesic o e village mornin.

It michna be like meesic if ye're sleepin soon as we wis, bit e excitement o seein fit wis happenin got's ontae wir feet an intae wir clyes an we wis seen oot wi wir cameras watchin e kye makin eir slow wye throwe e trailin edges o e nicht's mist up till e pastures. We made wir brakfist in e open air, a bit o breid saved fae e nicht afore, an soor geens pooed fae a tree hingin full o em, an a howp o water oot o a wallie. We thocht wirsels richt adventurers.

As we cam back tae wir fairm, it wis still early. E road we followed throwe e village wis wide, wi heapies o coo sharn here an ere, an a gweed gaan burn rinnin alang ae side. Here, be day, e weemin wid wash eir clyes, beatin em wi a widden beater eir men made for em. Bit at is time in e mornin, ere wis a different eese for e rinnin water. As we cam in aboot, stoot ladies in eir wide, skyrie skirts wid come oot o e hooses at lay across e road fae e burn, ilky een cairryin a pottie wi a cloot ower't. Fitiver euphemism ye use, chantie, dirler or fitiver, its job is ay e same. Ey teemed em intill e burn, syne gied em a gweed sweel, an shoutit oot eir greetins till's as we geed by, nae shy aboot it as wir ain fowk wid a been. Ere wis nae

'Oh michty, fit'll fowk say?'

Ere wis a mornin ootin in e bus tae some museum or idder, an we got a look at een or twa ither villages, bit oors wis hard tae beat. As we drave back in e evenin, we cd see it wis jist bizzin wi fowk wirkin aroon't in e parks. Ma crafter's fingers wis yokin tae get in amon em, an maybe try oot e scythe, even though wi its lang stracht sned it wis different fae fit I'd been eest till.

Ere wis an aafa skwyle o brakes as e bus wis forced tae draa up faist ahin a car at stopped in front o't. We were half a kilometre fae e village, near e first hooses faar e dark-skinned gypsies bade. Fae ere, a motor-bike hid come, revvin up an gaan at a gey lick. Ere wis a brig jist in front o's, an as e bike come on till't, it wis slidin an sprayin graivel aff e lowse tap, an es wis fit hid garrt's stop, tae gie room. Bit e laddie didna mak it. E hannlebar touched an iron stanchion, an e bike jist took aff, an ower e parapet an intill e water anaith, throwin e rider. E landit in e middle o e brig, flat on eez back, simmery in an open-neckit sark, bit ere wis reed aboot e collar. E front wheel o e byke ay span in e water. E machine didna look muckle touchet. In e closer parks, fowk hid put doon eir tools an were startin tae meeve. Farrer aff, wirk wis stoppin bit fowk ay hid eir tools in eir hans. E ripples hid harly yet gotten till e ooter edges. A man startit tae rin till a hoose for a blanket. Anither got some branches tae mark e line o e skid.

E bus coudna get bye till aathing hid been sortit oot, sae we took wir gear an walkit by e quairt young lad lyin ere, haadin on till e village. As we got nearer till't, fowk wis startin tae come oot fae't, in twas an threes, young an aal, anxious, een ir twa greetin. Gweed kens foo e news hid flown. We keepit quairt an intill e side o e road, nae tae disturb em at sic a time, bit even sae, they pit's at wir ease, greetin's wi a 'Dobry den' as ey walkit by.

Ere hid been a weddin in e village at same day. It wis aye goin on. We passed e fairm faar e gypsy fiddlers wis makin meesic furl an spin an e fowk wi't, a soon at wis heich an wild, excitin an nae tae be forgotten, existin for itsel, carin naething for past an present, death an life, nor for e theoretical discussions o veesitin scholars.

Biz-bizzin

We drove in e car fae Krieglach, by e edge o Mitterdorf, throwe e village o Veitsch wi its industrial biggins, an up some steep, twiny roadies till we cam till e parkin place. Wir guide – e lady o e Gasthof – hid been ere twice afore an she'd teen er freen as weel's er three an a half ear aal graandother, an I wis fine pleaset tae be invitet tae jine in a jaant. We set aff at acht o'clock in e mornin, for e Aastrian wither report hid said it wis tae be aafa hait later – bad enyeuch if ye wis walkin, bit waar tae be coopit up in a car even wi windaes aa open an air at wis supposed tae be cweel blastin in fae e dashboord.

Fae e stoppin pint, we set aff alang a forest track, ay climmin, wi e great, fite, jaggy ootline o e Hohe Veitsch in wir sichts, a mountain o magnesite. Ere mn a been a gweed updracht, for a glider wis swingin abeen e peaks, back an fore, back an fore, an niver lookin like needin tae come doon. A big helicopter wis huntin aboot like a vulture tee, nae lookin for prey, though, bit keepin an ee on e climmers in case ony o em got intill a ticht nyeuk.

In e open spaces amon e trees, on banks an slopes, ere wis een o best craps o blaeberries I've iver seen, far mair berries an bigger eens'n ony I iver saa on e skirts o Culsalmond. Fowk wis gaitherin em wi widden scoops wi an iron kaim fitted at e moo. Ye cd fairly speed up e gaitherin at wye an I saa in a shop in Krieglach at ye cd buy em ere. It wis a temptation tae get een, bit ye canna aye be buyin aathing. Aa e same, noo I'm hame, I wish I hid. I'll need tae gang back, I some doot, though I div hae a picter o em. E lady at ran e shop tellt's at in e aal days fowk jist pickit fit ey nott, an ate em fresh an sweet, bit noo at ey've aa got freezers, ey can scoop up bigger quantities an keep em for usin later. Ey're nae jist sae fine, for half ripe berries come wi e ripe eens, an it's jist a fine example o foo modren wyes can spile quality – an syne ye get eest till't an tak e peerer livvel for grantit. Nae at I'm smitten wi e 'gweed aal days', bit quality's quality, an it wid be fine tae think at fowk cd get e best fae e past an keep it e best intae new times.

We dippit doon intill a howe, alang a nairra track at files ran wi watter like e bed o a burn. In e weetier places e canny Aastrians hid putten doon widden polies ye cd walk on, jist a touch skiddie here an ere. Bit wee Sarah skippit on like a gweed een, nae bother, an nae mishanters. Ilky sae aften ye got an openin in e trees an syne ye cd see e steep, girsy slopes o e Alpine pastures, wi young scrub in patches throwe't an sometimes stretches o bigger trees. Ye cd easy tell at es wis a man-made laanscape, aa e same, shapit be e munchin teeth o cattle beas maybe ower hunners o ears. Nae at e pastures were split intae parks. Ey ran up withoot ony diveesions till e V-shapet screes at e fits o e fite rock faces at tooert abeen em.

We held ay on, e zig-zaggin o e roadies makkin't easier tae wirk wir wye up, an ay e little quinie trottlin on aheid, er legs knipin on an for aa ye cd think bouncin like a rubber baa. An aal freen o mine, a Deputy Director o Education, eest tae say till's – mair aften 'n eence – at een o e biggest puzzles tae him, a trainet psychologist, wis e wye bairns jumpit an skippit. Ey'd be walkin alang e street, mim's ye like, haadin eir mither's haan, fin aff ey'd go, a hop an a skip an a bounce. Iv coorse, aa young craiters dee e same. It's naitral. Bit fit is't garrs em dee't?

Aifter a file, fin I wis startin tae think we wis niver gn tae stop, we saa some widden hooses abeen's. Close till em wis twa bonny kye, broon an fite, een wi a braid collar roon its neck an a big bell hingin anaith. It wis handy for e lads at e huts tae keep track o faar eir wards wis, even in e dark or maybe in e mist, for e beas bade ootside aa nicht. Ey geed till e hills in June an bade till early September, fin ey'd tae fit it back till e laicher lyin fairms again. E fairmers didna aa gang up emsels, bit took on e herds tae look aifter e beas. Ilky herd, wi eez faimily at een o e huts, lookit aifter sae mony fairmers' beas, an e fairmers in e group wis members o at partickler grazin association. Een o e fairlies I hidna kent aboot wis e keepin o pigs at e huts. E first place we cried in on hid aboot five, fine healthy lookin grumphies, weel eest tae fowk.

A side turnin took's in aboot till e hooses. Ere wis a widden byeurd on a gale, wi e name o e hut, Schallenalm. E first biggin we keekit intill wis e byre. Faar I'd been eest tae cassied staas at hame, here ey hid widden planks anaith e kye, an a widden passage an a widden greep, an nae trevises. An ere wis a richt supersteetious thing on a e couple jist inside e byre door – five crosses made o twigs, three o them wi three cross pieces an twa wi een, an twa sprays o catkins wi e heids still on, likely fae Palm Sunday. Ere wis a lad inside, throwe a door ben fae e byre, an he spak till's, bit e left's in a meenit tae wash eez hans in e caal rinnin watter o an ootside troch. E troch hid a lid an a lock, an little winner, for e lad keepit bottles o beer in't.

At e side o e byre, biggit as pairt o't, wis e pigs' hoose, wi three trochs ye cd full fae e ootside. Een o em hid some wattery fye in't. Ower e close wis e dwallin hoose, its door at e heid o some steps, an aa prinkit up wi flooers in full bloom, geraniums an sic like. Watterin man a been a steady job, bad enyeuch fin e flooers wis aboot e hoose, bit waar fin ey were in e windaes o a pigs' hoose ir a byre, as I'd noticet at some o e fairms in e hills abeen Langenwang. At's fairly gildin e lily. Bit it wis jist e hooses at got e attintion at e Alpine huts.

Ye cd get refreshments ere an at's fit we'd stoppit for. Jist afore we cam, e lady o e hoose, complete wi a lang blue overall, hid been kirnin butter, an it wis near ready. She wis washin't wi caal watter oot o e plastic yalla pipe at fed e troch. Er churn wis a rotary een, nae roon like oor's hid been, bit squaarish in shape, wi fower paiddles wi holes in em, turnt be an iron crank.

Weel, naething for't bit we'd aa tae hae a glaiss o buttermilk, an boy it wis cool an richt fine. Fit tae ait wis e neesht question. Oh, we'd try a Butterbrot, a shafe o breid an butter, an it cam spread wi fresh-made butter, jist a richt deep clairt o't, at wad a deen three or fower normal pieces. I happent tae speer if ey made cheese.

'Na, ey widna',

said ma freens, bit I speert at e wifie as she chancet tae come by, an aye she did.

'Wid ye like some?'

I wid, so I'd anither slice o breid, es time wi cheese, a gweed fang o't, as weel's butter.

'Div ye use a press?'

Na, she didna, bit jist hung up e crudes in a cloot, e same's e hangies we made at hame, bit on a bigger scale. Haein five kye, she hid plinty o raa materials. E Käsebrot wisna bad at aa, an geed's a gweed foon for steppin on e road, an it wis ay uphill.

Noo e track wis a bittie braider, an e surface harder. Faariver ye lookit at it, ere wis jist a steady meevement o black ants, aa sizes. I widna a likit sittin doon amon em. Ey fairly took e attintion o e young lass. Young fowk his gleg e'en, an it must a been e same for masel eence, for a ear ir twa back I hid a queer kinna dream, een o yon kin at jist comes at ye wi nae clear rhyme ir reason, bit it bade in ma heid aifter, so it man a struck's as something speecial. Jist as sharp as onything I saa masel as a smaa bairn lyin amon girse, ma heid rale close till e grun, an seein e little linies an hairies rinnin up an doon e blades, an some still wi a drap o dyow at eir heids. E yird at e reets wis fresh an crummochie. Ye cd see faar e little craiters at bide in e grun wis wirkin at it steady, shiftin little lumpies an steenies as ey craalt an foraget aboot. Es man a been aboot e time I wis a bairn, gey smaa, I doot nae even walkin. I doot ere'd been a pooer o concentration in at teet intill e world o girse an yird an beasties for me tae min't sae lang, ir maybe nae richt minin till it cam oot in ma dream. Maybe it wis some e same wi Sarah.

E ither thing at took er attintion wis e butterflees. Ey were jist awye – fite eens, broon eens, speckled eens, an a lot o dark colourt eens wi deep reed wing-edges, aa makkin e maist o e rowth o flooers. On anither day I'd seen an aafa lot o es dark eens in a wid aside Krieglach, aften clusterin in smaa cloodies on an roon fit I took tae be deer's drappins on e road, e same's ere wis a great attraction for em in at. As ye walkit ben e widlan trackie, ey fluffert up, an ye wis like tae lift yer haan tae fen em aff yer face. Onywye, ere wis dizzens, hunners, o butterflees, an e lass wis fair charmed.

We followt e trail, ay risin, till we come till a secont Alpine pasture, fit ey caad an Alm. As we come close till anither hut, we passed on e road a lot o cattle, lyin amon e girse o e roadside, chaain eir cweed, an lettin ye – or a lot o em did – rub yer niv on eir braid foreheids. Douce kinna beasts, weel eest tae bein hannlet, an ilky een in graan order. We'd aiten enyeuch, sae we didna need mair'n a drink at es hut, tae coonter e heat, an it hid a handy ootside convenience tee, een o e timmer sentry-box variety wi a widden seat. It wis poshed up a bittie, for e fowk hid covert e openin wi a widden lid. Ere wis a gweed smarrach o geets aboot e place, aa playin fine on a rug ootside, lettin emsels roll doon e slope an scraichin an lachin, an Sarah, I cd see, wintin tae jine in.

E bairns wis shoutit in for eir denner. We bade ootside, an maybe wi bein a thochtie tired wi aa es walkin in e sin, e newsin startit tae flag. Forbye, Sarah'd been offered a moofae o soup wi e lave o e bairns. Sae we sat quairt. Een o e maist winnerfae things aboot es hills is e amoont o flooers an grasses, bluebells e same's we hae at hame rale common tee, an kins I'd niver seen. Bit aa gied hairbourage an hoosin tae wee craiters, maybe millions o em, some makkin nae soon ye cd hear, like e butterflees, bit e feck o e idders aye biz-bizzin. Heicher in e air ye got e croak o a mountain craa an e chuck-chuck o a wee bird wi a roosty tail, and files sailin ower aa wis a great bird circlin wi wide oostretched wings, makkin miaowin noises like a cat. Fin ere's nae win, an e day's a scorcher, an naebody's spikkin, ye hear es tremendous orchestra an ere's jist naething ye can think o tae compare wi't. It's e soon o naiter ersel, maybe gaan deeper intae ye than ony made meesic, ir even e soon o kirk bells, for ey gang wi baith gweed news an ill, bit is biz-bizzin jist exists. Aften enyeuch ye canna hear't for ere's ither soons near at haan, ither things takkin up yer attintion. Es fowk at drives motorwyes throwe gweed countryside, niver min foo muckle laanscapin ey dee, canna stop e wheeshin o tyres an e bum o ingines, an ey dinna think aboot e ill ey're deein tae sic meesic. Ye can niver hear't again, nae ere.

It taks a speecial place an a speecial day tae hear't nooa-days. I heard it on e Veitsch an I'll ay min on eir steep grazins, jist as anither time, lang seen, I heard e same meesic in a peat bog.

I've ay likit peat bogs, I wis ay gettin rows for leavin e car an walkin stracht throwe em fin we wis oot for a run. Bit es een wis something speecial. It wis Crombie Moss, nae far fae e Knock Hill, an I geed wi Will, a retired smith at ay ceest eez peat ere. It wisna jist e normal bog, bit een at hid grown in e bed o fit wid a been a loch, likely in times fin fowk wis harly even thocht aboot, an full o leafy plants. It lay in a kinna basin, an ye could see e compaction o e leafy layers in e peats emsels as ey were cast.

Will hid wirkit es moss for ears. E kin o e peat affeckit e kin o e tools e hid tae use. Seein e layerin wis sae ticht, ye hid tae cut e peat in fae e face wi a breist spaad. At wye e peats wis stratifeet across eir biggest breidth, sae they werena sae ill for faain apairt fin ey were set up for dryin.

It's a great place, e Crombie Moss. If ye stan at e side an tak a sichtin across e peat cuttins, syne mizher e depth o e faces fae e side till e middle, ye can see it must a been mair'n twinty five feet deep at e centre, bit e hale loch jist got claggit up an stagnatet an at lang last turnt tae peat. Gweed burnin stuff, tee.

Will, wirkin at e fit o een o e faces, hid e peat barra aside im. Some peat mosses is at saft at ye canna hae legs on yer barra, for ey wid a sunk in, bit Will's barra hid rale braid legs Eence e'd cleared e tap girsy layer, Will vrocht fae e tap doon, an seein e blade hid a feather at richt angles, it cut twa sides o e block o peat at a time. As ilky block wis cast, e geed a half turn an let it aff ontill e barra, e heck at e front keppin't fae gettin scuttert wi e wheel. Fin it wis loadit – an weet peat's nae licht – e rowed it ower till a drier lair an set e peats oot tae dry.

It jist happent on es day I wis ere at e wis at a face gey near e boddem o e aal loch. Ye cd easy see e shapes o leafs an wee bits o branchies, aa broon an weet bit at weel keepit ye cd a identifeet e kins o e plants if ye'd been onything o an expert, bit I'm nae. It wis maist divertin tae see e fairlies in e peat, as Will ceest awa in a steady rhythm o in, oot, half turn, tip e spaad, swing back, in again. Bit I will admit it wis a maitter o doonricht fascination fin e spaad startit tae turn up peats wi e goldie yalla o fit mith a been bog-bean seeds in em, sometimes in groupies o twa ir three. Ey jist glowed in e sin for a meenitie, e same's ey'd deen Gweed kens foo mony thoosans an thoosans o ears seen. I took a closer look. Ilky een hid a wee holie in e side, ey were aa teem, nae chance o germinatin, though fit wi Jurassic Park ere's nae kennin fit es scientist buddies mithna think o nooadays. Fit wis hairtbrakkin wis tae see e brichtness, e goldie-yalla o life at hid been, turnin broon an din jist in an instant, as e licht an e air connacht it, killt it for a secont time. Bit e meenit o veesion wis ere aa e same. Will, iv coorse, hid seen't aa afore.

Sae e day wore on, an e fresh air wark an e hait sin on yer shooders geed ye an appetite.

'Piece time', said Will.

E must a been haiter'n me, for e'd waldies on eez feet, galluses haadin up breeks an draaers egither, an a sark an seemit, though he did cast eez gunzey. E used it tae sit on, pickin a hummocky o girse on a bank in e shade o a smaa tree. We sat ere, aitin wir fite loaf sanwiches an drinkin tae, contemplatin wark deen an wark tae dee, nae sayin a lot, jist hearkin till e quairt o e moss, weel sheltert fae ootside soons. At's fin I startit tae tak note – weel, I didna, it wis naething conscious, it wis jist as if yer min opent – o e flees an e beetles an e bummers an e butterflees on e daisies an e buttercups an e stalkies o girse an sedge an on e rashes, wi a fyow smaa birdies here an ere. An wi at I heard richt, for e first time I wis awaar o, es biz-bizzin I'd heard again in e Aastrian Alps.

I've listent for't a lot, since at day in e peat moss wi Will. Bit it's been ower weet, or e win wis ower strong, or ma heid wis full o deevin thochts at widna let me be. Onywye, ye dinna forget it. An e billies at geed aboot fin e moss wis a loch, lang afore byeuks an paper wis kent o, werena they richt lucky tae hae e chance o sic meesic ilky day?

'I cannot get enough of it'

Faar I wis brocht up, e only seabirds we'd see wis e seamaas. In my time we caad em seagulls, bit aaler fowk wid say seamaas, makin't soon like 'simaaze'. Ere's ay change goin on in e dialect, an ye get a mixter o aal an new, bit it's e life o language tae be aye adaptin tae different generations an different times. It's naething tae greet aboot. Naething staans still, bit gin a wye o spikkin's richt hannlet, fa's tae say bit fit it michna leave its mark tee on fit ey caa e standard language? – for ere's nae doot at e standard language sair needs a bit o revitalisation noo an aan. Bit I'm on aboot seagulls, nae hobbyhorses.

Gulls is bonny flee-ers, bit e weemin fowk wid rin aboot flappin eir aaprons if een cam in aboot – an e gulls wis richt sizers fin ye saa em close – wi terror in eir hairts on behalf o e little chuckenies. Fither ey sometimes cam aifter e chuckens or no, ey were great followers o e ploo. Faar fresh grun wis bein turnt be horse or tractor, ye'd get a fite comet tail o gulls stretchin oot ahin, as ey turnt fae eir fish tae hae a go at e delichts o rural produce. A sicht like at fairly wints tae mak ye tak yer camera oot, wi a gweed telephoto lens on't, an syne ye'd maybe show't at a meetin o e SWRI or a local history society an aabody'd say 'Whotten bonny', an ye cd feel rale pleaset wi yersel.

E thocht o bonny picters minet me on a sea trip I eence made wi e Scottish Ornithologists. It took's tae different pairts o e West as weel as tae Shetland, an it wis a richt gweed wik. Nae et I'm an expert on birds; tae tell ye e truth, my job wis tae be an antidote till e birds, for I wis supposed tae gie lectures on 'Scottish Country Life'. It wis a maist interestin collection o fowk, ey cam fae aa ower e world, an I ken I spent as much time lookin at em as I did lookin at e birds. Ere wis ae day on Rum, a lang tail o fowk wis passin a raa o trees aifter landin, fin somebody spottit some rarity o a bird. In a meenit ey'd aa stoppit an swung up eir binoculars or their langnebbit telephoto cameras, an comin at e back I got a fine view, nae o e bird bit o e bird-watchers, ilky een wi e heid at an angle o forty five degrees, an ilky een wi baith haans up haadin eir glaiss or camera, aa regimentet in stance e same's ey were prayin tae some kinna tree-god.

Be e time we sailed oot tae St Kilda, maist o's hid fun wir sea legs an e motion o e boat wis richt enjoyable. Here we wis amon e gannets. At's richt bonnie birds. An fin ey start divin, at's a divine sicht! Mair sae fin ye've e tremendous craigs an cliffs o St Kilda aside ye, an e air full o e cries o birds an e swoosh o e waves, an a feelin inside ye at maybe it wisna jist aathegither richt tae be ere. E cruise ship wisna smaa, bit she bobbit aboot like a toy boatie in a mill-race as she aimed throwe e gaps atween some o e islands. Eir wis ae almighty lurch fin e sea felt as if it hid draan itsel aathegither oot fae anaith e keel, syne aa cam richt, bit maybe a denner ir twa wis tint in e by-gyaan.

Ye'd think at haein seen e gannets divin, an scenery an seas e like o es, ere'd niver be onything eir mak, an maybe e rest o e tour wid jist be an anticlimax. Deil a bit! We held on tae Shetland, faar e laicher islands made a lot less wild silhouettes against e horizon, an we hid quairter watters an skies. Bit e seas wis aye ere, broodin, an ye cd niver let yersel feel ower confident or relax ower muckle, mair sae gin ye wis in a wee boatie. Ere's times I've been on an island faar I couldna get aff an hid tae bide a day ir twa mair – nae at at wis ony hardship – like eence on Papa Stour. At's a rare place, an aafa fine fowk tae be wi. Ey couldna dee enyeuch tae mak ye feel at hame amon em.

I've heen e same hospitality on e mainland o Shetland tee. I happent eence tae be in Scalloway on e day o e Land Sports (ere wis yacht racin goin on at sea), an bein a feel for rinnin an jumpin, an haein ma sanners wi's, I jist aboot tried aathing, fit races short an lang, high jump an lang jump, an fit I geed in for for fun turnet intill earnest for I feenisht up as sports' champion an got a bra silver madallie. I'm aye prood o't. It's e kinna thing ye micht think o showin yer graansin, bit fin I did, e wisna impressed. Bit e pint o ma tale's nae tae boast aboot bein swack. Fin e day wis deen, an I wis rale tiret an sweaty, sittin at e edge o e park takkin aff ma sansheen an pittin on ma ornary sheen, a lady cam up till's an startit tae spik, in er fine Shetland voice. She thocht I'd be gey hait an sticky, an wid I nae like tae hae a sweel doon? I couldna bit agree, sae she convoyet me till er hoose up e hill at e back o e toon, an wi a gweed wash an twa ir three cups o hait tae wi sugar I wis shortly back tae some appearance o normal. I got a fine tae, wi fish, an iv coorse e lady an er faimily bade freens foriver aifter. Shetland's like at.

I doot I'm awa fae ma cruise again. Een o e shore excursions wis till e island o Noss. We landit in smaa boaties, usin an arrangement o pontoons tae mak a landin stage at e laich side o e island, nae far fae a craft hoose wi low set biggins an a roonaboot corn kiln at ae eyn o e barn. We got ashore wi nae disasters We walkit up e slope, aabody takin eir ain speed, ower patches o bog an heather, by e carcase o a deid sheep wi its oo in a scatter roon aboot it, up till e tap o e great cliffs faar ere's an enormous bird colony. E air wis full o fulmars an ither sea birds, driftin like snaa flakes aboot e face o e cliff, an hyne below e rollers wis crashin against e rocks an e fit o e cliffs an addin till e nivereynin soon o win an cries o birds, some comin gey close as ey hung on e updracht, eir heids turnin fae side tae side an a sharp caal stare fae eir een, ay on e look oot for mait or for enemies. Bit it didna look as if ey'd ony speecial concern for hiz lads; we'd likely jist been nuisance value, ir mair like, passin curiosities.

I've been roon Noss in a smaa boat tee, an it's jist as spectacular lookin up as doon, wi e extra excitement o e sea jist inches fae yer bottom. Bit on es day, I wis ashore on Noss for e first time, an fine pleaset tae be ere. Sae wis e Dutch lad at I traivelt up e slopes wi. Iv coorse, eez country's flat, an different aathegither fae fit we wis seein noo. E wis at intent on aathing as we geed alang at we werena sayin very much, jist lookin, lettin things sype in. At e tap, e steed an steed, an I steed wi im. E spak at e hinner eyn, an fit e said wis fit I thocht -

'I cannot get enough of it'.

Appendix

Note on Language, Spelling and Pronunciation

These comments are not intended to be comprehensive, but rather to serve as a short sketch for those not familiar with the dialect.

While the stories presented here are intended to be read, they have been written in an orthography which is intended to reflect, albeit broadly, the pronunciation of the dialect of Auchterless, Aberdeenshire. The description below, as well as giving a guide to the spelling used in the text, also indicates some other common linguistic characteristics of the dialect of Auchterless as represented in the text.

The spelling of Western European languages pre-supposes some relationship between symbol and speech sound. The closer this relationship, the smaller the community of speakers for whom the spelling system represents their speech. The spelling of Standard English has come to be used by a world-wide community who have widely differing pronunciations. Native citizens of Edinburgh, New York, Bombay, Lagos and Sydney, in reading aloud the same text of written Standard English, are likely to produce very diverse realisations. For Standard English the relationship of spelling to speech is less close than that presented here. It is often rather the whole word that represents a particular pronunciation for a speaker of Standard English, rather than each letter matching an individual sound. That is the characteristic of a purely phonetic system of spelling, though no spelling system can hope to represent every nuance of a speaker's pronunciation. Because the intention here is to present something of the pronunciation of the author, which to some extent also represents that of the community of Auchterless and roundabout, the spelling here is in some respects closer to the latter kind.

As a 'descendant' of one of the dialects of Old English, the dialect of Auchterless shares words with the other varieties of Scots and also with Standard English, e.g.

Auchterless	*Mid Scots*	*Standard English*
faar	whaur	where
gweed	guid	good
een	yin	one
skweel	skuil	school
gyang	gang	go
aa	aw	all

Given below are an indication of the pronunciation and, where appropriate, Standard English equivalent spellings. Where Standard English pronunciation is referred to, this means a Scottish English pronunciation, i.e. the kind of broad consensus in pronunciation used by Lowland Scots speakers when speaking Standard English as opposed to a regional dialect. It is sometimes referred to as 'Educated Scottish Standard English'. Pronunciations are indicated within [ ], using symbols of the International Phonetic Alphabet. Spellings of sounds are given in < · >. Fuller details of the use of the IPA in relation to Modern Scots, can be found in the *Concise Scots Dictionary*, §§5.2–5.4, pp. xxii–xxvi. Also, the information presented for Auchterless in the *Linguistic Atlas of Scotland*, vol. 3, offers a more detailed account of the phonetics for the language specialist, though it should be stressed that no two speakers from the same community are precisely alike in their language. Such consultation is in no way required for the general reader, however unfamiliar with North-east Scots or any kind of Scots who simply wishes to read the stories for pleasure and interest. By familiarising themselves with the more common spellings of words and their broad pronunciations in conjunction with Standard English equivalents, it is hoped that the task for the unaccustomed reader will be eased. The reader who wants to understand will soon be able to do so with few problems after reading one or two of the stories.

As to vocabulary, there are undoubtedly a number of terms in the texts which will be unfamiliar to the modern reader, and especially to the town-dwelling, late twentieth-century reader. No glossary is provided. However, very often the context will reveal the meaning, and most of the words are to be found in the *Concise Scots Dictionary*. Further detail of farm life and a description of the agricultural year on a farm in Auchterless during the earlier part of the twentieth century is to be found in the author's *Wirds an' Wark 'e Seaons Roon* (1987 AUP, Aberdeen; reprinted 1992 Mercat Press, Edinburgh).

Finally, any variety of language is subject to change and also influence from other varieties. In the case of regional varieties of Scots, Standard English is a major factor. In a sense, regional varieties, such as the dialect of Auchterless, are constantly being defined against Standard English. The presence of Standard English forms varying with dialect forms in the text should not occasion surprise – for any kind of present-day Scots it is the natural order of things. That said, in the notes below where an Auchterless spelling/pronunciation is described as *for* a Standard English one, this is intended as a statement of equivalence. It is not to be inferred that the dialect of Auchterless, or any kind of Scots, is some kind of 'deviation' from Standard English, as Scottich educators have often liked to imagine. The dialects of Scots have developed over hundreds of years. For example, Auchterless *gale* is equivalent to Standard English *gable* (and, indeed, German *Giebel*). But *gale* derives from an Older Scots form *gavel*; Standard English *gable* is a borrowing into Southern English from Old French *gable*. In fact, both OSc *gavel* and OFr *gable* are developments of Old Norse *gafl*. In Scots the borrowing was direct from Old Norse, in English indirect, with separate subsequent developments.

Spelling and Pronunciation

Vowels

1. Long

<ee> [i:] — fleer 'floor', cheer 'chair', deen 'done', eese 'use, *n.*', skweel 'school', een 'one, *n.*'

<ai, a–e> [e:] — stame 'steam', kail, same; *also in* bell

<aa> [a:] — saa 'saw', aal 'old'

<oa, o-e> [o:] — roar, rove, froze

<oo> [u:] floor ‘flower’, oor ‘our, *stressed*’, moo ‘mouth’

While doubled vowel symbols often indicate a long vowel, this is not always the case, e.g. keep, doot ‘doubt’.

2. Short

<i> [ɪ] hill, fin ‘find’, win ‘wind’, winner ‘wonder’, ither ‘other’, brither, bridder ‘brother’, niv ‘neive’

<i> [ë] hill, mill, her *stressed*

<i> [ɛ̈] kill, kirk

<e> [e̜] pech, echt ‘eight’; *also in* shape, graip, meat

<a> [ɑ] craft ‘croft’, han ‘hand’, tap ‘top’, cam ‘came’, fat ‘fault’, water

<o> [o] got, hope, snod

<u> [ʌ] butter, runkit, much

3. Diphthongs

<ey, y-e, i-e> [əi] ay ‘always’, eyn ‘end’, ile ‘oil’, files ‘sometimes’, fire, byre, jyle ‘jail’

<i–e> [ɛi] time, pipe, kind, avoid

<ye> [ae] aye ‘yes’, gye ‘guide’, forbye

<ow> [ʌu] howk ‘dig’, lowp ‘leap’, lowe ‘blaze’

Consonants

Initial <wh-> [hw], in common with other North-east varieties of Scots is <f-> [f], so fit ‘what’, fin ‘when’, faar ‘where’, foo ‘who’. ‘How’ also has initial [f], foo, and is used for Eng ‘why’.

In common with some other varieties of Scots, words ending in historical <ld> [ld] and <nd> [nd], in Auchterless have [l] or [n], so aal ‘old’, caal ‘cold’, bun ‘bound’, fin ‘find’, roon ‘round’, grun ‘ground’.

<ch> [x] socht ‘sought’, pech ‘to be out of breath’

<y> [j] fyow ‘few,’ byeurd ‘board’, byeuk ‘book’, gyang ‘go’

<vr-> [vr] for Eng. <wr-> [r-] vrocht ‘wrought, worked’

<kn-> [kn] knackit, knock ‘clock’ (still to be heard, but recessive)

<-dd-> [-d-] for Eng. <-th> baddert 'bothered', eddir 'either', widder 'weather'
<-f-> [-f-] for Eng. <-v-> shofel 'shovel'
<r> for Eng. <rd> harly 'hardly'
<(s)kw-> [(s)kw-] for Eng. <sch-> [sk-], <c-> [k-] skweel 'school', cwidna 'couldn't', cwite 'coat'
<m> [m] for Eng. <mb> [mb] timmer 'timber'
<l> [l] for Eng. <bl> [bəl], gale 'gable'

Grammar

Definite article e
Indefinite article a

Pronouns
Pronominal forms, personal or demonstrative, which in other dialects of Scots and Scottish English have an initial 'h' or 'th', have no initial fricative in the normal speech of Auchterless unless stressed or in a shift towards a more formal style.

Personal pronouns

	Eng.	*Aucht.*	*Eng.*	*Aucht.*	*Eng.*	*Aucht.*
sg						
	I	I	me	me	my	ma
	you	ye	you	ye	your	yer
	he	e	him	im	his	eez
	she	she	her	er	hers	ers
	it	it	it	it, 't	its	its
pl						
	we	me	us	's, hiz	our	oor, wir
	you	ye	you	ye	your	yer
	they	ey	them	em	their	eir

Oor is used in stressed positions, *wir* is the unstressed form. An enclitic form of *it* occurs, represented in the spelling here as ''*t*', e.g. *turnin't* 'turning it',.

Im may occur in subject position as *Him an me*, corresponding to Eng 'he and I'. Since it is stressed, initial [h] is pronounced.

Demonstrative pronouns

sg	this	es	that	at	thon	oan
pl	these	es	those		thon	oan
	that	at				

Eng. that *conj.*, *rel pn* at
Eng. there, Aucht. ere

Prepositions
o/iv *stressed* 'of', wi 'with', fae 'from', tae/till 'to', abeen 'above', amon 'among'

Numerals
ae *adj.*/een *n.* 'one', twa 'two', fower 'four', acht/echt 'eight'

Conjunctions
gin 'if', an/'n 'than'

Verbs
to +*inf.* tae/till *stressed*

Negative particle nae 'not': I'm nae sayin

Enclitic negative particle -na '-n't' couldna, cwidna, didna

Weak past tense -it collectit, keepit, wirkit; -t tellt 'told', happent; -et beeriet 'buried'; -d caad 'called', teemed 'emptied', geed 'went'

*Weak past participl*e -it knackit, stoppit; -et trainet, catchet 'caught'; -t haimmert 'hammered', kent 'knew', curlt 'curled'; -ed haaled 'hauled', crivved 'crowded', rowed 'rolled'

Present participle -in neeperin 'neighbouring', sortin 'sorting', deein 'doing', tyin 'tying'

Commonly occurring verbs with distinctive forms and constructions

infinitive	*present*	*preterite*	*past participle*
be	is, 's	wis *sg*, *pl* we	
dee 'do'		did	deen
div *stressed and in questions* Div ye use a press?			
gie 'give'	gie, gies	geed	giein
gyang 'go'		geed	
hae hiv *stressed* 'have'; a *following an auxiliary v* micht a 'might've' widna a 'wouldnt have' maan a 'must've'	his hiv -s -ve *unstressed*	hid, 'd *following a vowel* ye'd, ey'd	heen
need		nott	
pit 'put'			pitten
tak 'take'			teen

Modal verbs

micht mith 'might'		michtna 'mightn't'
will	'll *unstressed*	winna 'won't'
wid 'would'	'd	widna 'wouldn't'
cwid 'could'	cd	cwidna 'couldn't'
maan 'must'	mn	manna 'mustn't'